Maja Siffredi

Frau mit Vogel sucht Mann mit Käfig

ELYSION

www.Elysion-Books.com

Maja Siffredi

Frau mit Vogel sucht Mann mit Käfig

ELYSION

www.Elysion-Books.com

ELYSION-BOOKS
1. Auflage: Mai 2017

VOLLSTÄNDIGE AUSGABE
ORIGINALAUSGABE

UMSCHLAGGESTALTUNG: Ulrike Kleinert
www.dreamaddiction.de
FOTO: © Bigstockphoto/Katalinks

LAYOUT &WERKSATZ: Hanspeter Ludwig
www.imaginary-world.de

ISBN (vollständiges Ebook) 978-3-96000-0327
ISBN (vollständiges Buch) 978-3-96000-0310

Inhalt

13.3.2015

Lola rennt meets Snnopahontas

Der Typ an der Theke sieht aus wie ein Mix aus Snoop Dog und Pocahontas. Was ihn sofort in mein Beuteschema passen lässt – lange Haare, dunkle Haut und eine gangsterhafte Ausstrahlung. Gott ist der geil.

Obwohl es keine zwei Stunden her ist, seit ich einen Schwanz in mir hatte, werde ich immer wuschiger, erstaunlich dass ich noch nicht sabbere. Nicht dass meine Nachmittagsbeschäftigung in Form von Mr. VAWK* (*Mister Vollarschwichskopf) nicht gut ficken würde; aber es war gerade mal so lang, um mich anständig aufzuheizen. Anstatt mich Gentleman-like zuerst kommen zu lassen, hat er mir nach geschätzten drei Minuten ins Gesicht gewichst. Er müsse los, hätte noch Arbeit. Und bitte ja nicht kuscheln.

Naja, dann darf er sich nicht drüber beschweren, dass ich mir den Höhepunkt woanders hole.

Der kleine Club mitten in Wien ist verraucht, eng und laut. Süßlicher Qualm vermengt sich mit dem Geruch von billigem Parfum wie in einer Hurenhütte, lullt den Haufen feiernder Druffies in eine Nebelwolke. Wäre ein Drogenhund hier, würde er vermutlich einen epileptischen Anfall bekommen.

Musikalisch unterstrichen von»Smoke Weed everyday« bahne ich mir den Weg durch die tanzende Menge, konzentriert-fokussiert auf Snoopahontas.

Ich lasse den Kerl keine Sekunde aus den Augen, einen ungeschickten Fummelversuch eines Milchgesichts quittiere ich mit dem Fass-mich-nicht-an-sonst-muss-ich-dich-umbringen-Blick. Auch wenn Sex mit einem 18jährigen ganz oben auf der muss-ich-unbedingt-machen-Agenda steht, heut habe ich was anderes im Visier.

Das Objekt meiner Begierde nippt gelangweilt an seinem Getränk, lässt seinen Blick suchend durch den Club wandern, touchiert mich dabei und auf einmal weicht seine Rastlosigkeit tiefer Ruhe, entspannt zieht er seine Mundwinkel nach oben und grinst in meine Richtung. Noch ehe ich entscheide, ob es meine Ausstrahlung ist, oder ob ich für Männer wie eine läufige Hündin rieche, steht der Afroamerikaner neben mir.

»Hi, ich bin Rahim.«

»Und ich bin betrunken. Willst du mal ziehen?«

Ich halte ihm einen brennenden Joint vor die Nase, er quittiert das Angebot mit einem dankbaren Nicken, als hinter ihm plötzlich eine Frau auftaucht und ihn erwartungsvoll anglotzt. Ihre halblangen Haare haben dieselbe Farbe wie die Bloody Mary, die Snoopahontas in seiner Hand hält, Lola hat sich verrannt und sieht ziemlich durch aus. Ihr Tank Top klebt an ihren riesigen Brüsten als wäre sie eben durch einen Regenschauer gelaufen, ihre rote Mähne steht verwuschelt in alle Himmelsrichtungen und ihre Augen bestehen nur noch aus Pupillen. Ich kann nicht aufhören, ihr ins Dekolleté zu starren, zu beeindruckend sind die Dinger und passen in der Relation so überhaupt nicht zu ihrer zierlichen Gestalt.

»Rahim, ich will nach Hause«, ruft sie genervt über seine Schulter.

Erschrocken zuckt er zusammen, dreht sich in ihre Richtung und legt ihr seinen Arm um die Schultern. Verdammt, hätte ich mir denken können, dass der nicht alleine hier ist. Hätte ich mich mal lieber von dem Teenager abschleppen lassen.

Zu meiner Überraschung guckt Mrs. Snoopahontas ein wenig entspannter, als er uns einander vorstellen will.

»Claudia das ist … Wie heißt du eigentlich?«

»Maja, sehr erfreut.«

Claudia verraucht den Rest des Ofens, während Mister Lover Lover eine Flasche Puffbrause ordert und uns beide an zwei Security Typen vorbei in einen abgesperrten Teil der Spelunke führt. Hier ist die Musik nicht so laut wie vorne, man kann sich tatsächlich unterhalten, ohne dabei zu schreien, ein schwarzer Theatervorhang trennt den Raum vom Rest des Lokals. Gedimmtes Licht fällt auf die herumstehenden Ledersofas, die der Farbe von Claudias Haarpracht ähneln, außer drei Kerlen im Anzug, die sich auf Kroatisch miteinander unterhalten, sind wir die einzigen Gäste in der Chillout Zone.

Rahim lässt sich zwischen seiner Freundin und mir auf die Couch fallen, während eine Kellnerin den Moet öffnet und uns einschenkt.

»Wie lange seid ihr zwei schon zusammen?«

Kichernd nippt das Busenwunder am Champagner, ehe sie mir auf die Frage antwortet:»Überhaupt nicht.«

»Aber ich dachte …«

Rahims Hand wandert auf meinen Oberschenkel, er dreht den Kopf in meine Richtung.

»Falsch gedacht, Maja.«

Die beiden werfen sich verstohlene Blicke zu, als sie wieder das Wort übernimmt:»Ich bin eine Pornodarstellerin, er ist mein ehemaliger Produzent.«

Na, dann bin ich ja beruhigt. Ich hatte schon Angst, die beiden wären verheiratet. Sie erzählt mir, dass sie schon ewig im Geschäft ist und mit ihm seit über zehn Jahren eine Affäre hat, die sich aus einem»geschäftlichen« Treffen entwickelt hätte. Eine beinahe-Lovestory in Pretty-Woman Manier. Pretty Woman in der Porno-Romanzen-Version-für-ganz-Arme.

Wie auch immer, ich bin nicht wirklich interessiert an ihrer Lebensgeschichte, allerdings an ihren Brüsten. Und selbstverständlich an dem Ding, dass mittlerweile immer heftiger von innen gegen

Rahims Jeans drückt und dessen Kontur sich deutlich unter dem Stoff der Hose abzeichnet. Vorsichtig taste ich mich in dessen Richtung, beobachte dabei viel mehr ihre als Snoopahontas´ Reaktion auf den Annäherungsversuch.

Doch da scheint kein Anflug von Eifersucht in Claudias Augen, sie tut es mir augenblicklich gleich und packt Rahim energisch am Schwanz, noch bevor ich dort ankomme öffnet sie seinen Reißverschluss und holt das Prunkstück aus seiner viel zu eng gewordenen Verpackung.

Unterdessen ist seine Hand unter meinem Rock angekommen, treibt die dortige Feuchtigkeit immens nach oben und kommentiert das Fehlen meines Höschens mit einem sofortigen Schnurren.

Amüsiert blicken die drei Balkan-Schlipsträger in unsere Richtung, als ich mich über Rahim beuge und mit der Zunge über die befreite Schwanzspitze lecke. Sein Keuchen verrät, dass es ihm gefällt, von zwei Frauen gleichzeitig bedient zu werden. Claudias Hand greift fest um den Schaft, während ich meine Lippen um die Eichel schließe und daran sauge, fickende Finger unter dem Ledermini heizen mir ordentlich ein.

»Langsam, langsam …«

Scheinbar ist Snoopahontas schon jetzt kurz vorm Explodieren, ich nehme seinen Schwanz aus dem Mund und bemerke einen der Kerle vom Nebentisch in unsere Richtung kommen. Irritiert starre ich den riesigen Mann an, gespannt was wohl als nächstes passieren wird. Die beiden anderen bemerken ihn erst nicht, da Rahim damit beschäftigt ist, Claudias Mordstitten unter dem Top hervorzuholen und daran zu saugen. Erst als der Unbekannte im Anzug zu reden beginnt, lässt er von ihr ab, und schaut so verwirrt, wie ich.

»Brauchst du Hilfe mit den Beiden?«

Ich glaub mein Schwein pfeift und noch ehe ich Rahim »Ja, bitte« sagen höre, habe ich das nächste Turbogerät vor meinem Gesicht. Der Schwanz ist so riesig wie dessen Eigentümer, der sich als Senad vorgestellt hat. Claudia lässt sich ihre Brüste vom ehemaligen

Freier bearbeiten, ich lutsche unterdessen den kroatischen Prügel, die beiden Kollegen stehen daneben, lassen ebenfalls die Hosen runter und legen Hand an.

Senad raunt irgendwas ausländisch klingendes in ihre Richtung, sie kommen einen Schritt weiter zu uns. Als plötzlich mit einem lautem Klirren ganz in der Nähe Glas zersplittert, halten alle inne und blicken in das perplex aussehende Gesicht der Kellnerin.

Anscheinend war die kleine Alkoholtransportschlampe nicht auf den Anblick eines kopulierenden Menschenhaufens vorbereitet, weswegen ihr wohl das Missgeschick mit dem Tablett passiert sein dürfte, das ihr mitsamt einiger Gläser und einer neuen Flasche Moet zu Boden gekracht ist.

Kreidebleich stammelt sie eine Entschuldigung in Richtung der Kroaten und verschwindet so schnell wie sie gekommen war. Völlig unwissend, welche Hände mich an der Hüfte packen und den Rock nach oben schieben, mache ich mich ans Weiterblasen, lechze nach Luft als ich endlich einen Schwanz in meiner Mitte spüre. Nicht mal einen Meter daneben stöhnt Claudia so laut, dass man sie bis auf die Tanzfläche hören müsste. Ihre Brunftschreie bringen mich weiter in Fahrt, ich versuche den Schwanz so tief wie möglich in den Rachen gleiten zu lassen. Senad krallt seine Finger in meine Haare, zieht meinen Kopf fest an seinen Schoß, zuckt kurz auf und spritzt mir mit einem lauten»Arrrrgghh« in den Mund. Ich hab noch nicht mal runtergeschluckt, da steht schon der nächste vor mir, wartet dass sich Senad aus mir zurückzieht, damit er zum Zug kommt. Der andere Balkanmensch vögelt mir inzwischen keuchend, doch munter das Hirn raus, seine Stöße werden zunehmend härter und bringen mich beinahe zum Verzweifeln.

Mit einem ohrenbetäubenden Brüller macht uns Rahim auf seinen Höhepunkt aufmerksam, auch wenn es sich eher so anhört als hätte er sich wehgetan. Doch ein kurzer, prüfender Blick in seine Richtung bestätigt, dass er sich keine Verletzung zugefügt hat. Relaxed mit einem Lächeln im Gesicht und einer Kippe im Mundwinkel schmiegt er sich an seine Gespielin, die aussieht, als hätte sie mit dem Finger in die Steckdose gegriffen plus ein bisschen Sperma im Gesicht. Elektrisierendes Gefühl.

Spuckgeräusche hinter mir erhärten den Verdacht, dass ein Kurswechsel ansteht. Wie befürchtet findet der Unbekannte gefallen an meinem Arsch, und in meinen Arsch. Zentimeterweise drückt er sich in mich, bis er vollkommen verschwindet, insgeheim bin ich froh, dass er Weißer ist.

Und gerade als er sich in Fahrt hämmert, feuert uns ein Security Typ aus dem kollektivem Bumskoma, als er laut schreiend und heftig gestikulierend hereingerannt kommt.»Chef, Polizei vor diese was ist Türe. Nix gut ausschauen, haben viele was ist wie große Katze.«

Senad ist der einzige der seinen Schwanz schon wieder verstaut hat, praktisch, dass er derjenige ist, der mit»Chef« gemeint war.

»Das sind Hunde, du Vollidiot. Wie oft soll ich dich noch zum Deutschkurs schicken? H-U-N-D-E, und nix was ist wie große Katze.«

Demütig schaut Mister-sollte-mal-wieder-deutsch-üben zu Boden, streift mit seinem Blick dabei meinen nackten Arsch und wirkt plötzlich recht indisponiert.

»Ja, Chef. Nix mehr was ist wie Katze groß, Unde, ja?«

»HHHHHunde! Du Trottel bist so sinnvoll wie Hundescheiße, geh mir aus den Augen!«

Bingo, jetzt passt seine Gesichtsfarbe zu Claudias´ Chaosfrisur und der Einrichtung dieses illegalen Untergrund- Swinger-Clubs. Wütend feuert der Chef sein Feuerzeug gegen die Wand, Millimeter vom Gesicht des unglückseligen Überbringers der schlechten Nachricht entfernt. Der zuckt genauso heftig wie der, der mir den Hintern vögelt, und läuft wie auf Speed wieder hinaus.

Ich frag mich mittlerweile ob»mein« Kerl Viagra genommen hat, unablässig und mit der Präzision eines polnischen Strauchdiebs rammelt er meinen Hintereingang.

Der Unglücksrabe, der nach wie vor mit halbsteif angewichstem Schwanz vor mir steht, wird genauso heftig von seinem Boss angebrüllt, wie der von der Security vorhin. Da ich kein Kroatisch verstehe, kann ich nur ahnen, dass es was mit der Polizei vor der Tür zu tun hat. Als würde man während man dem Vögeln einen Krimi anschauen, sich auf beides zu konzentrieren ist was für Fortgeschrittene.

Mich macht die Situation so an, dass ich die Fassung verliere, erst nur leise wimmernd, doch immer heftiger knallt die Hitzewelle durch mich, ich schließe die Augen, die Oberarme versagen ihren Dienst, langsam sinkt mein Körper nach unten. Die Hände des Kerls hinter mir halten mich fest und ziehen mich mittig in Richtung seiner Latte, er stößt noch einige Male tief in mich, krallt sich fest und nach drei Sekunden ist auch er am höchsten Punkt des Abends angekommen.

Irritierend fühlt sich die Totenstille an, die allzu rasch über uns hereingebrochen ist, weswegen ich die Augen wieder öffne, obwohl ich immer noch im Fickkoma herumschwirre und folglich auch keine wirkliche Lust habe, dort wieder zu verschwinden. Es ist nämlich schön dort.

Im Gegensatz zu hier: Familie Snoopahontas, Senad und die ungebumste Halberrektion starren uns beide schockiert an.

»Was schaut ihr denn alle so bescheuert drein?«, frage ich in die Runde.

»Maja, das hat ausgesehen, als würde er dich dabei umbringen«, entgegnet die Frau mit den dicken Dingern.

Prüfend mustere ich alle meine Körperteile, ich kann keine Schrammen erkennen und ich fühle mich auch nicht so, als hätte mich jemand versucht zu töten.»Wo denn?«

»Haben geschrien wie eine läufige was ist wie große Katze.«

Wo zum Henker kommt der denn schon wieder her?

Ist auch egal, zumindest sind alle Augen jetzt auf den Security gerichtet und ich kann den Schwanz unbemerkt aus meinem Arsch ziehen, nachdem dessen Besitzer hinter mir eingeschlafen ist.

»Chef Polizei suchen nach du. Alle schon hier bei diese was ist Uftata-Mensch.«

Ein Irrenhaus ist ein Kindergeburtstag gegen diese Aufführung hier.

»Was? Sie sind beim DJ-Pult?«

Mittlerweile haben Senads Pupillen die gleiche Größe wie die von Claudia, wobei ich nicht denke, dass auch er auf einem Trip ist, eher steht er unter Strom, wegen der Inkompetenz seiner Mitarbeiter. Hastig stürmt er zwischen den Vorhängen hindurch, zumindest schien es sein Plan zu sein, bevor der blonde Junge durch die Gegenseite genau in ihn kracht, beide mit den Köpfen zusammenstoßen und augenblicklich zu Boden gehen.

Ich zähle laut bis zehn, klatsche dabei mit der flachen Hand auf den geschmacklosen Teppichboden, um das Ganze mit einem»Aus« zu beenden. Unentschieden durch K. O. in der ersten Runde.

Danach zentriere ich meinen String, ziehe den Rock Richtung Knie, schüttle mir den Staub vom Kopf.

»Na klasse. Jetzt liegen die zwei größten Verbrecher in dem Club bewusstlos zwischen uns«, Rahim wirkt nervös, als er sich das Malheur aus der Nähe ansieht.

»Wer ist der Kerl?«, fragt Claudia.

»Das gewesen diese was ist Ufftata Mensch«, antwortet der resigniert aussehende Security, der immer noch wie angewurzelt am gleichen Fleck steht.

»Du meinst DJ?«

»Ja, diese was ist DJ.«

Rahim fasst Claudia an der Hand.

Da ich aufgrund der spannenden Allgemeinsituation alles was davor passiert ist, vergessen habe, falle ich vor Schreck fast genauso um, wie der Chef und Mister Ufftata, als hinter mir jemand von den Scheintoten aufersteht.

Ah ja, der der mir den Arsch gefickt hat. Mit hinuntergelassener Hose kämpft er sich zurück in die Vertikale und spaziert an uns vorbei nach draußen. Na gut, bei dem winzigen Ding könnte er Glück haben und unbemerkt damit davonkommen. Da mich sein Schwanz nicht länger fesselt, springt die Aufmerksamkeit wieder auf essentiellere Dinge. Wie die Frage, wo mein Gras eigentlich geblieben ist. Praktischerweise stolpere ich um ein Haar über meine Handtasche und mir fällt die Antwort auf die Frage ein, die ich schon wieder längst vergessen habe.»Jungs und Mädels hauen wir ab!«

Entschlossen winke ich Rahim und Claudia in meine Richtung, als ich ein Fenster entdecke, das groß genug ist, um uns ohne Umwege aus dem Laden rauszubringen, ohne mit den Bullen zusammenzukrachen.

»Baby, wie hast du es bloß geschafft so viel Marihuana in diese winzige Handtasche zu stopfen?« Claudias Mund steht so weit offen, es wäre ein Leichtes das Gras in ihre Klappe um zuparken. Plus einem halben Kilo Haarspray und ein wenig Sperma, quasi der exakten Inhalt des Beischlafutensilienkoffers. Zumindest wäre ich dann aus der Schusslinie, sollten uns die Bullen doch noch erwischen.

»Wir schießen Raketen zum Mond, es wird wohl möglich sein bisschen Spaß zu den richtigen Menschen zu bringen, oder?«

Ich boxe gegen die Fensterabsperrung, und tatsächlich – das Schloss springt knatternd auf, mit ein bisschen Nachdruck stehen wir auf der ebenerdigen Terrasse. Auf Augenhöhe stehender Vollmond treibt den Kitschfaktor des Moments unaufhaltsam nach oben.

Raus, nichts wie weg von hier. Wir nehmen die Beine in die Hand, stolpern, laufen, rennen.

Haben Sie Wien schon bei Nacht gesehen?

25.3.2015

Wachsende Aufregung vermischt sich mit Ungeduld, was soll ich anziehen? Eine Million Mal entscheide ich mich um, bis die Wahl auf einen schwarzen Rock, ein rotes Oberteil aus Satin, schwarze Strapse und Unterwäsche fällt.

Die Sonne ist gerade untergegangen, einsetzender Frühsommer fegt eine warme Brise durchs geöffnete Fenster. Ich bin kurz davor mich mit einem Mann zu treffen, den ich vor zwei Wochen über eine Handy-App kennengelernt habe. Seinem Profiltext zufolge heißt er Andreas, arbeitet als Fotograf, ist Ende dreißig, durchtrainiert, etwas kleiner als ich und hat kurzes blondes Haar. Ich steh auf Blondinen.

Wir haben uns die Wochen davor gegenseitig sehr viele Mails geschickt, er macht einen sympathischen Eindruck. Ich mag seinen trockenen Humor und seine großen blauen Augen. Jedes Mal wenn eine neue Nachricht von ihm im Posteingang landet, kann ich es kaum erwarten sie zu öffnen.

Für den Abend sind wir für ein Fotoshooting verabredet. Je näher der Termin kommt, desto mehr kann ich die Anspannung in mir spüren, trotzdem packt mich die Neugier, ich strotze vor Vorfreude als ich mich auf den Weg mache.

Kurz nach neun treffen wir uns in einer gut besuchten Pizzeria am Stadtrand, sein charmantes und aufmerksames Benehmen lassen auf einen interessanten Verlauf des Abends schließen.

Er hält mir die Tür auf und nimmt mir die Jacke ab, bevor

uns die Kellnerin zu unserem Tisch begleitet. Wir nehmen Platz, ordern Pizza und Wein. Während wir warten, zeigt er mir einige Aufnahmen auf seinem Tablet.

»Also ich find das hier richtig gut, dass könnten wir auch machen.« Er deutet dabei auf ein Bild auf dem eine sehr attraktive und nackte junge Frau mit gespreizten Beinen zu sehen ist, die ihr Allerheiligstes mit der Hand verdeckt.

»Wow. Das ist richtig schön.« Begeistert von der Ästhetik der Aufnahme, kann ich nicht aufhören auf den Display zu starren.

»Ja, find ich auch. Sowas können wir auch hinbekommen!« Enthusiastisch zwinkert er mir zu.

»Na, da bin ich ja mal gespannt. Hast noch paar Ideen?«

»Klar ...« Mit wenigen Bewegungen wischt er über den Bildschirm.»Was hältst davon?«

Auf dem nächsten Beispielbild liegt eine gefesselte Frau auf dem Boden, im Mund einen Knebel, die Augen weit aufgerissen.

Ihre Hände sind hinter dem Rücken fest verschnürt, die Beine waren angewinkelt, an den Knöcheln zusammengebunden und mit den Fesseln der Hände verknüpft. Sie scheint ihrem Peiniger hilflos ausgeliefert, sowie völlig bewegungsunfähig zu sein. Dennoch hat ihre Mimik einen Hauch von:»Ist das wirklich alles?«

»Cooles Pic, Andreas. Aber schon sehr düster für die Jahreszeit. Hast du das fotografiert?« Souverän überspiele ich die aufkeimende Nervosität. Irgendein kleines Detail an der ganzen Szene lässt mich fast wahnsinnig werden, auch wenn ich noch nicht weiß, welches. Ob Andreas meine Unsicherheit spürt? Das Restaurant füllt sich immer weiter mit Studenten und alternativ aussehenden jungen Leuten, die Musik wird von den Nebengeräuschen der vielen Menschen übertönt. Ich schiebe meine Bedenken zur Seite und konzentrierte mich wieder auf das Gespräch mit diesem überaus gut aussehenden jungen Kerl.

»Nein, das ist keins von meinen, ich bin Hochzeitsfotograf. Schau mal, wie findest die?«

Nach dem geschätzt fünfhundertsten Beispielbild, das digital vor unseren Drinks flimmert, favorisieren wir eine Handvoll davon, trinken aus und machen uns auf den Weg ins Studio. Mittlerweile nieselt es, wir spazieren durch die erfrischende Abkühlung zu dem nahegelegenem Häuserblock.

»Komm wir sind schon da, Maja. Hier geht's rein ... « Andreas deutet auf den schmale Hinterhofeingang, der in einigem Abstand in einen lichtleeren Raum mündet.

»Willst du mich jetzt im Keller einsperren? Typisch Österreich.« Kichernd folge ich ihm zum Fahrstuhl.

»Nein. Wenn dann im Dachboden, der müsste nämlich dringend mal sauber gemacht werden ...«

Ich fühle seine Blicke, als sich die Aufzugtür schließt; mit jeder Sekunde schnellt die Hitze der Atmosphäre nach oben – genauso wie auch wir. Kribbelnde Sprachlosigkeit endet zeitgleich mit der Fahrt, die auf direktem Weg ins Penthouse führt.

»Voila´, da sind wir. Willkommen im Studio.«

Außer dem schwarzen Hintergrund, der knapp neben einem Schreibtisch über die Wand verläuft, sowie dem aufgestellten Blitz, erinnert hier nichts an ein Fotostudio.

Begeistert von der großzügigen Glasfront lasse ich mich von dem Ausblick auf die Stadt fesseln:»Was für ein Panorama.«

Fasziniert von dem Anblick abertausender Lichtern unter uns, starre ich wie gebannt über die Dächer.

»Was darf ich dir zu trinken anbieten?« Andreas´ Frage schafft es, meine Aufmerksamkeit zurück auf ihn zu lenken.

»Du willst mich doch nur wehrlos und gefügig machen ...«, mit gespielter Entrüstung drehe ich mich zu ihm um.

»Ja, das war der Plan. Das mach ich mit all meinen Internet-Bekanntschaften.«

»Find ich gut. Ich bleib bei Rotwein.«

Als er aus der Küche wiederkommt, stehe ich in Unterwäsche vor ihm. Unbeeindruckt stellt er den Wein auf den Schreibtisch, um mit der freien Hand nach der Kamera zu greifen.

»Sehr schön ... Geh mal etwas näher zum Licht.«

25·3·2015

Klick. Klick.

Langsam bewege ich mich vor ihm, drehe mich ohne ihn aus dem Fokus zu verlieren.

»Gut so?«

Klick. Klick.

»Perfekt. Dreh den Kopf mehr nach links.«

»Den Satz hat noch nie ein Mann zu mir gesagt …«

Klick.

Andreas Gelassenheit steckt mich an, er legt die Canon zur Seite um eine Pause einzulegen, streckt mir eins der Gläser entgegen.

»Cheers.«

Seine Augen blitzen für den Bruchteil einer Sekunde eiskalt auf:»So und jetzt zieh dich ganz aus und setzt dich auf den Hocker da hinten. Wir versuchen das, was wir uns vorhin angesehen haben, in Ordnung?«

Ich lege das Oberteil ab und nehme noch einen Schluck Wein. Andreas beobachtet mich, wie ein Raubtier seine Beute kurz vorm Angriff.

»Alles ausziehen«, der bestimmende Unterton in seiner Stimme bringt mich nicht aus der Ruhe.

»Ja, das haben schon mehrere Männer zu mir gesagt.«

»Na dann los … Und dann auf den Hocker dort.«

Mit weit gespreizten Beinen setzte ich mich, rufe mir das Bild, das er mir in der Kneipe gezeigt hat in Erinnerung. Eine meiner Hände lege ich in den Nacken, mit der anderen verdecke ich die Sicht auf meine Mitte.

»Ja, gut so. Leg deinen Kopf in den Nacken. Ja, gut so.« Andreas feuert mich an, er ist sichtlich zufrieden:»Komm und mach die Beine weiter auf …«

Ob er gemerkt hat, wie mir meine Lust an den Oberschenkeln hinabläuft?

»Und jetzt fang an, an dir herumzuspielen …«

Ich öffne kurz die Augen, um ihn anzusehen. Noch immer ist die

Linse auf mich gerichtet, dennoch entgeht mir seine ausgebeulte Jeans nicht. Wieso ist es auf einmal so heiß?

»Los. Fang endlich damit an, du kleines geiles Luder. Ich kann deine Fotze bis hierher tropfen hören.«

Im gleichen Maße wie die Dominanz in seinem Tonfall steigt auch mein Verlangen. Hemmungslos wichse ich vor ihm, schnell und hart zuckende Finger treiben mich an den Rand der Besinnungslosigkeit.

»Tiefer rein! Gut so … Nimm einen zweiten dazu … Komm schon, das geht aber tiefer. Beine weiter auseinander, ich kann ja nix sehen …«

Wie auf Kommando folge ich seinen Anweisungen, wage nicht zu widersprechen, auch wenn es mich reizen würde, bis an die Grenzen zu gehen.

»So das war gut. Leg dich mal auf den Boden.«

Auf dem Rücken liegend öffne ich die Schenkel, verdecke das Gesicht mit den langen Haaren, während ich weiterhin an mir herumspiele.

»Stopp! Hör sofort damit auf es dir selbst zu machen, du läufige Hure!«

Unerwartet und plötzlich reißt er meinen Arm in die Höhe, packt mich grob im Nacken und schnauzt mich an:»Dir muss wohl noch jemand Benehmen beibringen, was?«

»Aber …«, stammele ich in seine Richtung, doch weiter komme ich nicht. Um mich zum Schweigen zu bringen, steckt er seine Hand in meinen Mund.

»Ich glaube nicht, dass ich dir eine Frage gestellt habe. Das war eher eine Feststellung. Du musst noch so einiges lernen.«

Mit dem letzten Wort zieht er sie wieder heraus, holt tief aus und klatscht mir auf den Arsch. Ich winsle laut auf, als ich das Brennen spüre.

»Na na … Das gefällt dir doch …« er flüstert mir ins ins Ohr, dreht mich auf den Bauch und schiebt mir zwei Finger hart und unbarmherzig von hinten rein.

In dem Punkt hat er wohl Recht, ich genieße die Mischung aus Erregung und Angst die seine dominante Art bei mir auslöst. Längst schon habe ich die Kontrolle der Situation aus den Händen gegeben.

»Los steh auf! Willst du hier die ganze Zeit am Boden liegen?«

Mit einem lauten Klatschen landet seine Handfläche auf meinem Hintern, mit der anderen krallt er sich in meine Haare und zieht mich zu sich nach oben.

»Gib deine Hände mal her«, seine Stimme klingt wieder gelassener als noch vor einer Minute, er fährt mit den Fingerspitzen über die Konturen meiner Unterarme. Plötzlich packt er zu, hält mich mit seiner Linken fest.

Aus einer Kommode knapp neben uns fischt er mit der Rechten eine Rolle Isolierband, um mich damit an den Handgelenken zu fesseln. Als hätte er´s geplant, hängt zufällig über uns ein Haken mit einem Karabiner an der Decke.

Ein wenig perplex starre ich ihn an, als er mich dort festbindet:»Hey, was …«, erschrocken raune ich ihn an.

Doch viel weiter komme ich nicht, eine Sekunde später klatscht er einen Klebestreifen über meinen Mund und bringt mich damit zum Schweigen.

»Ich sagte doch du sollst still sein.«

Andreas holt sich seine Kamera, schiebt einen Hocker neben mich und stellt sich darauf.

Klick. Klick. Klick.

Für eine Weile lässt er mich zappeln, steigt wieder herunter und starrt mich amüsiert an:»Zu einem wildfremden Mann, den du nur übers Internet kennst, ins Studio kommen? Bei Nacht? Zum Aktfotos machen?«

Er ohrfeigt mich, Panik befällt mich, und doch fühle ich ein unbändiges Verlangen auf ihn. Meine Wange brennt, es durchfährt mich wie ein Stromschlag, als ich seinen Atem im Nacken bemerke und er meine Brüste knetet.

Die Ausweglosigkeit meiner eingeschränkten und handlungsunfähigen Lage und seine Berührungen machen mich verrückt. Auch wenn sich meine Handgelenke schon taub von den Fesseln anfühlen, ich will ihn in mir spüren, will, dass er mich richtig hart rannimmt.

Ich schreie durch den Knebel, doch statt»Fick mich« kommt nur ein unverständlicher Ton hindurch.

»Versuchst du mir etwas zu sagen?« Immer noch steht er hinter mir, drückt mir plötzlich seinen Prügel durch den Stoff seiner Jeans gegen den Arsch.»Ich weiß genau, was so eine kleine Drecksau wie du braucht.«

Ruckartig öffnet er den Reißverschluss, einen Augenblick später reibt er seine Schwanzspitze zwischen meinen vollgetropften Schenkeln, quälend langsam wandert er damit weiter nach oben. Als er am Ende meiner Oberschenkel ankommt, harren wir beide für einen Moment atem- und bewegungslos aus. Er scheint das gierige Zucken in mir zu bemerken, dringt als Antwort darauf mit einem Ruck in mich, wispert mir zu:»Du kleines Miststück bist derartig geil.«

Ob sich mein Verstand vor meinen Knien auf Nimmerwiedersehen verabschieden wird?

Mit aller Kraft versuche ich nicht wegzuknicken, als das Riesenteil den Kurs wechselt und ganz hinten wieder in mir versinkt.

Andreas vögelt mir die letzten Gehirnzellen raus, er reißt das Klebeband von meinen Lippen, um mit seinen Fingern dazwischen Platz zu haben. Behutsam lässt er sie in meinen Mund gleiten, ich stöhne benommen auf, immer heftiger die Muskelkontraktionen meines Körpers, es ist gleich soweit.

Ich winsle erlösend auf, zittere vor Benommenheit, als auch er den Höhepunkt erreicht und in meinen Arsch spritzt.

»Genau das hast du verdient ...«, bemerkt er gelassen, keuchend zieht er mich an den Haaren. Ich versuche einen Blick nach unten zu werfen, was da wohl auf den Fußboden tropft? Mein Verdacht bestätigt sich – es sind seine Kinder in spe.

Andreas bemerkt das Malheur unter mir, zwickt meine Nippel

und küsst mich. Verwundert über so viel Zärtlichkeit entspanne ich mich. Kaum hat er sich von mir gelöst, legt er den Kopf schief und den Schalter wieder um:»Die Schweinerei wirst du wegmachen, du nutzloses Fickstück.«

Erstaunt über die neuerliche Wendung, gebe ich klein bei:»Ja, mach ich. Bitte binde mich los, es ist alles wie taub unter dem Isolierband.« Ich bettle um Erbarmen und er befreit mich tatsächlich.

»Hier, trink erstmal was.«

Gierig leere ich das Glas Wasser in einem Zug, er nimmt es mir ab und wirft einen Blick auf die eben befreiten Handgelenke:»Halb so schlimm, bis morgen ist alles wieder o. k., versprochen.«

Unsicher, ob ich ihm das glauben kann, antworte ich vorsichtig:»Glaubst du wirklich?«

»Ja, deine Arme sind o. k. aber dein Hintern könnte einbisschen blau werden.«

Kaum hat er es angesprochen, bemerke ich das Brennen auf meiner Rückseite. Das hatte ich beinahe wieder vergessen.

»Du wirst jetzt hier saubermachen oder die restliche Nacht an diesem Haken verbringen.« Sein Finger deutet auf die Anhängevorrichtung über mir, von der er mich gerade erst losgemacht hatte.

Gedemütigt widerstehe ich dem Impuls zu widersprechen, verunsichert wegen seiner Unberechenbarkeit, senke ich den Kopf und zögere.

»Los! Auf die Knie mit dir ... Und wehe es bleibt auch nur ein einziger Tropfen übrig.«

Andreas zieht mich an den Haaren nach unten, presst mein Gesicht zu Boden und wird wieder laut:»Mach schon. Leck es auf!«

Um seiner Forderung Nachdruck zu verleihen presst er mir seinen Finger in das wundgevögelte Loch. Weder Jammern noch Schreien besänftigen ihn, er scheint gerade wieder in Fahrt zu kommen. Demütig tue ich, was er von mir verlangt, säubere das spermabefleckte Parkett mit der Zunge.

»So ist es brav. Warum denn nicht gleich so?« Grinsend spielt er weiter an mir herum, meine sofortige Reaktion darauf bleibt ihm nicht verborgen.

»Du bist ja schon wieder völlig fickerig«, abschätzig schnauzt er mich an, zieht sich aus mir zurück und steht auf.

»Bitte mach weiter ...«, flehe ich ihn an, mich noch einmal zu benutzen.

»Du wirst dich jetzt anziehen und nach Hause fahren.«

Das ist nicht sein Ernst, oder?

Ich stehe auf und suche meine Klamotten zusammen, behutsam fasst er an meine Taille und zieht mich an sich. Sein Kuss schmeckt nach mehr, vielleicht will er ja doch, dass ich bleibe?

»Mach das du hier raus kommst«

Nein, wohl doch nicht. Na dann kann ich jetzt wohl meinen Slip anziehen? Ich entdecke ihn auf dem Hocker, doch kaum hab ich ihn mir gekrallt, brummt Andreas laut auf:»Die Unterwäsche brauchst du nicht mehr. Kannst du hier lassen. Und auch in Zukunft ist es dir streng verboten welche zu tragen. Hast du verstanden?«

»Ja.« Ich lasse den Tanga wieder fallen.

»Ja, was?«

»Ja, ich habe verstanden.« Fügsam ziehe ich mir meinen Rock und das Top an und lasse Slip, Strümpfe und BH liegen.

»Du wirst mir sooft zur Verfügung stehen wie ich es dir befehle, kapiert?«

»Ja, ich hab´s kapiert«

»Und du fickst keine anderen, außer wenn ich es so will. Wehe du hältst dich nicht daran, dann gibt's keine Gnade mehr.«

Der drohende Unterton mahnt mich zur Vorsicht.

»Ich werde mich daran halten.«

»Das hoffe ich für dich. Und jetzt mach, dass du hier verschwindest.«

Er begleitet mich zur Tür, kneift mir durch das Shirt in die Brustwarze und verabschiedet sich:»Gute Nacht, Maja. Träum was Schönes. Wir werden uns bald wiedersehen, du gehörst jetzt mir.«

»Bis bald, Andreas.« Ich drehe mich um, steige in den Fahrstuhl und weiß, dass ich ihn nie wieder sehen werde.

1.4.2015

Mir ist langweilig, ich hänge seit Stunden vor dem Laptop, surfe ziellos durch die unendlichen Weiten des WeWeWe, doch auch nach dem dreihundertsten Mal Link-Anklicken finde ich nichts, das mich länger als einige Minuten beschäftigt. Habe mittlerweile sieben Mal masturbiert, weswegen auch»youporn« keine wirkliche Alternative zum Zeitvertreib oder der allgemeinen Entspannung mehr ist.

Eigentlich wollte ich ja bügeln, Fenster putzen, ein Buch lesen, Sport machen; kurz ein besserer Mensch werden. Eigentlich.

Es schüttet wie aus Kübeln, der Himmel ist genauso grau wie der letzte Schnee, der auf der Straße liegt, und macht sich durch allgemeine Nicht-Motivation bemerkbar. Ja, das ist gut – schuld ist nur das Wetter. Niemand mutiert zu einem Superhelden, wenn's draußen arschkalt ist, oder?

Bei Spiderman war sicher auch Sonnenschein? Ich bin sogar so unmotiviert, dass ich noch nicht mal aufs Klo gehen will, obwohl es sich mittlerweile anfühlt, als würde meine Blase gleich platzen. Klicke mich schneller und schneller durchs Netz um mich davon abzulenken, dass ich meinen Arsch hochkriegen sollte.

Das klappt so gut, dass ich mich irgendwann frage, wieso ich meinen Lebensunterhalt nicht als Pornodarstellerin verdiene, so wie Misses Snoopahontas. Da ich praktischerweise eh schon im größten Sündenpfuhl dieser Welt feststecke, bitte ich Doktor Google um Hilfe.

1.4.2015

Drei Stunden, fünf Bier, drei Joints, eine Thunfischpizza und zwei Mal onanieren später hab ich die Bewerbung für einige Pornoproduktionsfirmen fertig getippt. Eher aus Spaß, als aus seriösem Interesse schicke ich den Kram tatsächlich weg, ehe ich einige Minuten später auf ein Inserat stoße, dass mich wirklich neugierig macht:»Berlin sucht die abgefahrensten Sexstorys aus ganz Deutschland – die besten werden verfilmt«

Boom. Das ist genau meins, ich spüre es nicht im kleinen Finger, aber dort wo´s wirklich lustig ist.

Ich drucke mir die Seite aus, klebe sie auf meinen Badezimmerspiegel, um sie nicht zu vergessen und beschließe erst mal meinen Rausch auszuschlafen.

Fünf Tage und geschätzte vier Millionen Ausrede, wieso ich jetzt noch nicht zu schreiben anfangen kann, später, parke ich meinen Prachtarsch tatsächlich auf der Couch, schreibe eines meiner schrägsten Sex-Erlebnisse auf und schicke die Story an einen Unbekannten in die große deutsche Stadt.

Demoliertes Kurzzeitgedächtnis sei Dank, als am nächsten Morgen das Telefon klingelt, hab ich erst mal keinen Plan, welcher Unmensch mich zu dieser Unzeit anruft. Da das Schlafzimmer immer noch dunkel ist und ich mich fühle als wäre ich fünfhundert Jahre alt, schätze ich die Uhrzeit auf neun Uhr. Ekelhaft. Doch mein anfänglicher Zorn wandelt sich im Nullkommanichts in Neugierde, als ich die angenehme Stimme am anderen Ende der Leitung höre.

Sein Name ist Gernot, er hat eben meine Mail von vergangener Nacht erhalten, findet meine Geschichte gut und würde mich gerne kennenlernen, um alles Weitere zu besprechen.

Ich bin sprachlos; damit hätte ich ebenso wenig gerechnet, wie mit einem Anruf des Pornokönigs; noch während ich überlege, wann und wie ich nach Berlin komme, reißt mich die hocherotische Stimme aus meinem Gedankenwirrwarr zurück auf den Boden der morgendlichen Realität.»Ich fliege heute nach Wien, wir könnten uns am Abend treffen?«

Er will, dass ich ein Kleid und hohe Schuhe trage – sehr praktisch, das hätte ich auch ohne Aufforderung gemacht. Gespannt, wie er aussieht, suche ich ihn auf Facebook; und tatsächlich – sein Gesicht passt zu der Stimme.

Der Kerl ist hübsch, und das weiß er auch; Gernot strahlt auf den Bildern eine Souveränität und Dominanz aus, die mir bis dato noch nicht untergekommen ist. Mit jeder Stunde steigen die Aufregung und Vorfreude auf ihn, auch wenn das nicht mein erstes Blind Date ist.

Aber es ist das erste Mal mit einem Kerl, der meine intimsten sexuellen Erlebnisse und Begierden kennt, bevor er auch nur den Bruchteil eines Eindrucks von mir und meiner Person erhaschen konnte. Immerhin hab ich ihm vierundzwanzig Stunden davor eine detailgetreue Beschreibung meiner allerersten BDSM-Session geschickt, die absolut nichts mit Mister Grey und dem von ihm ausgelöstem Hype zu tun hatte.

Menschenleere Straßen sind in unheimliche Dunkelheit gehüllt als ich unter einer der Brücken neben dem Donaukanal auf ihn warte. Wieso bin ich zu früh?

Einige Rasta-Typen schlendern an mir vorbei, von einer süßlichen Duftwolke verfolgt und laut kichernd. Sie klingen wie ein Haufen pubertierender Schulmädchen, die in der Umkleide zum ersten Mal einen Pimmel gesehen haben. Das Geräusch des Gelächters will so überhaupt nicht zu der Erscheinung von zwanzigjährigen, halbstarken Kiffern passen.

Sie ziehen an mir vorüber, in einiger Entfernung spaziert ein langhaariger Mann entspannt in meine Richtung. Während der Takt meines inneren Motors immer schneller wird, glaube ich ein Lächeln auf dem Gesicht des Unbekannten zu erkennen.

Völlig gechilled kommt er vor mir zum Stehen, während ich versuche so gelangweilt wie möglich zu tun, stellt er sich nur einige Zentimeter vor mein Gesichtsfeld und fixiert mich mit seinem fesselnden Blick.

Ich brauche meine ganze Kraft, um meine Knie am Zittern

zu hindern, erwidere seinen Blick, auch wenn die Vernunft zur Vorsicht mahnt. Und noch bevor ich»scheißewiegeilistdasdenn« denken kann, berühren sich unsere Lippen, öffnen sich, vorsichtig spielende Zungen, packende Hände an meiner Hüfte, Sekunden bevor er mit seinen Fingern über meinen Rücken streichelt und sie am Nacken zur Ruhe kommen lässt.

Die Berührung fühlt sich an wie millionenfache Bienenstiche direkt über der Wirbelsäule, während jemand mein Zentrum mit Brennnesseln traktiert, aber ich drücke mich so nah wie möglich an den Fremden, betörender als sein Geschmack ist nur sein Geruch.

Ich sauge ihn auf, als wär's das letzte Mal, um plötzlich von ihm abzulassen. Tranceähnlich ist der Zustand, als ich mich von ihm löse, um in seine Augen zu sehen; der Energiestrom zwischen ihm und mir ist überwältigend und nicht zu leugnen.

»Schön dass du gekommen bist, Maja.«

Mit weit geöffnetem Mund, und dem Gesichtsausdruck einer gehirnamputierten Gummipuppe starre ich ihn an; alles woran ich denken kann, ist sein Schwanz in mir:»Du auch.«

Schmunzelnd nimmt er mich an die Hand, wortlos doch emotionsbeladen spazieren wir über die Brücke. Auf der anderen Seite des Kanals ragt ein hell beleuchtetes Hochhaus in die sternenklare Nacht, er steuert direkt darauf zu, bemerkt mein Zögern:»Lass uns ein Glas Wein bei mir trinken. In dieser Gegend gibt es keine guten Kneipen. Ok?«

Von seiner Empathie angetan, und ein wenig von der Abenteuerlust gepackt, lasse ich mich darauf ein; habe kein ungutes Gefühl bei der Sache, und so genieße ich einige Minuten später wunderbar fruchtigen Merlot mit einem atemberaubenden Blick auf die schlafende Hauptstadt bei Vollmond.

Mitten in der offenen Wohnküche steht ein schwarzes Ledersofa, rundherum zahllose Bücher die in die Höhe gestapelt recht chaotisch dastehend aussehen. Blickt man länger hin, scheint es, als stecke ein penibel angeordnetes System dahinter, nicht unordentlich, ganz im Gegenteil.

Die mit zahllosen schwarz-weiß Aufnahmen gesäumten Wände bilden einen ungewollt scheinenden Kontrast zu dem bunt-vollgeräumten Regal in der Ecke, die mächtige Glasfront unterbricht die Unruhe mit ihrer Klarheit inmitten von zufällig drapierten Gegenständen.

Ich fühle mich sicher und folge seiner Einladung Platz zu nehmen. Beobachte ihn dabei, wie er eine Flasche Wasser öffnet, nie zuvor war mir die Ästhetik dieser banal wirkenden Handlung bewusst.

Wie eine zweite Haut legt sich die schwarze Hose um seine Genitalien, vermutlich auch um den Rest, doch mein Betriebssystem ist längst heruntergefahren. Schulterlange Haare fallen neben blitzblauen Augen über seine stark aussehenden Schultern, als hätte er einen explodierten Strohballen auf dem Kopf, den man mit Superkleber direkt über sein Kleinhirn gepickt hätte. Irgendwie wie ein nicht existenter Sohn aus Dieter Bohlen und Britney Spears nach dem elektrischen Stuhl, aber dennoch sehr sexy.

Die nach Sandelholz, Kaffee und einer undefinierbaren Note duftende Nuance seiner Haut hinterlässt wuchernde Gänsehaut auf meinem Rücken. Der aufkeimender Schauer ängstigt mich kein bisschen, ganz im Gegenteil. Als würde die»Jetzt-geht's-los« Stimmung die Schirmherrschaft übernehmen.

Das Plätschern der Wasserflasche verstummt, langsam dreht er sich um und ein zutiefst provokanter Blick trifft mich.

»Ich möchte, dass du jetzt dein Höschen ausziehst.«

Ruhig, jedoch ohne Zweifel an seiner ernsten Absicht reicht er mir eins der aufgefüllten Wassergläser. Kaum habe ich es ihm abgenommen und er somit eine Hand frei, streichelt er zärtlich über meinen Hals. Ich genieße die Berührung, schließe die Augen um das Gefühl zu intensivieren. Doch noch ehe das Kribbeln in mir den Höhepunkt erreicht und sich in sämtlichen Fasern meines Körpers ausbreitet, zieht er sich unerwartet zurück; instinktiv fasse ich nach ihm, aber es ist mir unmöglich ihn zu erreichen. Mit einem lauten Knall landet die flache Hand, die eben noch die sensible Stelle unter meinem Kinn liebkost hat, mitten in meinem Gesicht. Wieder und wieder ohrfeigt er mich mit der einen, während die andere den Weg zwischen meinen Schenkeln närrisch nach oben tippelt, von Zeit zu Zeit kurz innehält, um mir seine Finger durch die Spalte zu ziehen.

Mein Slip fungiert mittlerweile als Knöchelwärmer, den Rock hab ich auch schon längst bis zum Bauchnabel hochgeschoben, das Wechselspiel aus Schlägen und Zärtlichkeit fordert seinen Tribut, völlig von Sinnen lasse ich mich treiben, wie benebelt nehme ich Berührungen wahr, deren Reminiszenzen sich ihre Bahn in meinem halb offenen Mund suchen.

»Du wirst dich jetzt ausziehen und dort drüben auf den Boden knien«

Unfähig zur Widerrede befolge ich seine Ansage, drehe ihm den Rücken zu, wortlos. Ruckartig zieht er den Reißverschluss meines fick-mich-Fetzens nach unten, streift es über meine Schultern. Lautlos gleitet es zu Boden, splitterfasernackt stehe ich vor ihm.

Gernot packt mich an den Haaren, reißt den Kopf nach unten, lässt auf einmal los und zeigt zu Boden.

»Hinknien hab ich gesagt.«

18.4.2015

Mit jedem Schritt, den ich die Treppe hinunter nehme, schlägt mein Herz ein wenig schneller. An einem kleinen Tisch sitzend entdecke ich ihn. Gedankenversunken spielt er auf seinem Handy herum und bemerkt mich erst, als ich direkt neben ihm stehe.

»Na da kann ich dich ja lange oben an der Bar suchen, wenn du dich hier unten versteckst.«

Sein Lächeln haut mich beinahe um, genauso wie der daraufeinfolgende Kuss.

Jan sieht genauso fantastisch aus, wie ich ihn in Erinnerung hatte. Ich liebe es, wenn ein Mann so viel größer ist als ich es bin, mit seinen knappen zwei Metern ist er eine wahre Erscheinung. Seine Augen blitzen in derselben Farbe wie der wolkenlose Himmel, graumelierte Locken tanzen verspielt über die Schläfen, verleihen ihn die Ausstrahlung eines wahren Womanizers.

»Das Kleid ist ebenso heiß wie du.«

Händchenhaltend steigen wir in den Lift, auf der Fahrt nach oben möchte ich ihn am liebsten gleich den Anzug ausziehen, als er mit der Hand unter meinen weißen Fummel fährt und mich auf Touren bringt. Seine Zunge spielt mit meiner, ich streichle ihn und bemerke nicht, dass der Aufzug schon längst angekommen ist.

Wir können es kaum erwarten, endlich ins Zimmer zu kommen. Die Tür fällt ins Schloss – und wir übereinander her.

Ich öffne sein hellblaues Hemd, drücke mich immer heftiger

an ihn, immer härter werdender Widerstand drängt durch seine Hose gegen meine immer feuchter werdende Mitte.

Hektisch suche ich nach dem Reißverschluss, befreie Jan erst noch vom Gürtel, taste mich unter seinen Slip und befreie das Teil, das mir dabei entgegenkommt.

Ich gehe auf die Knie, lecke langsam über die pulsierende Schwanzspitze, meine Hand hält den Schaft, während ich die Lippen schließe und ihn komplett im Mund verschwinden lasse. Dann hebe ich den Blick, schaue Jan dabei tief in die Augen und sehe, dass es ihm genauso gefällt wie mir. Hatte ich schon vergessen, wie gut er riecht und schmeckt.

Instinktiv packe ich ihn am Arsch, um seinen steinharte Latte noch weiter in mich hineinzudrücken, bekomme nicht genug von seinem Geschmack, bin nur noch kurz davor entfernt endgültig den Verstand zu verlieren.

Dabei fühle ich seine Hände auf meinem Kopf, wie sie zärtlich über meine Haare streicheln, kurz bevor er mich daran packt und in die Höhe zieht.

»Du weißt schon, dass du wieder zu spät warst?«

Ich bin so perplex, dass ich über meine eigenen Füße stolpere. Jan schlingt seine Arme um mich, hält mich und zieht mich aus.

»Ja, es tut mir leid. Das Navi hat mich ins falsche Hotel geschickt«

Seinem Gesichtsausdruck nach lässt er die Ausrede nicht gelten.»Ja, mir geht's genauso. Ich bin auch ständig pünktlich, aber leider kommt mir meistens was dazwischen.«

Seine Hände fahren meinen Körper entlang und bleiben auf den Brüsten liegen. Langsam, doch sehr bestimmt fängt Jan damit an sie zu kneten. Immer schneller und immer heftiger, je fester er macht, umso lauter stöhne ich.

Plötzlich nimmt er meine Nippel zwischen die Finger und zieht daran, ich schreie vor Schmerz und Erregung laut auf, als er mir auch noch den Mund zuhält, drehe ich beinahe durch.

»Ich will, dass du dich jetzt auf das Bett kniest und wartest bis ich komme«, flüstert er mir ins Ohr, mich durchfährt ein eisiger

Schauer und ich wage nicht zu widersprechen, als ich sehe wie er den Gürtel aus der Hose zieht.

3.5.2015

Als ich seine Mail im Posteingang entdecke, schlägt mein Herz Purzelbäume, ich freue mich wie ein kleines Kind auf den Osterhasen.

Da ich mit meiner besten Freundin in die Stadt gefahren bin, um zu shoppen, beginne ich spontan mitten auf dem Gehsteig zu tanzen.

»Hast jetzt deine fünf Minuten? Oder nur vergessen deine Tabletten zu nehmen?«, erkundigt sie sich.

Ich drehe mich einmal im Kreis und strecke ihr die Zunge raus.»Juhu… Er hat sich gemeldet.«

»Wer?«

»Na das Oberschnucki aus Klagenfurt. Weißt eh, der von letzter Woche.«

»Also bei deinen Männerverschleiß kann man schon mal den Überblick verlieren. Meinste den Womanizer?«

»Ja, genau den.«

Wir spazieren eine belebte Straße unweit des Bahnhofs entlang und bleiben vor dem Schaufenster eines italienischen Schuhladens stehen.

»Sag mal, hast dich ein bisschen verknallt, oder wieso strahlst du so?«

»Ach was. Das ist nur rein körperlich.«

»Nein, ich kenne dich. Wenn´s dir nur um Sex gehen würde, hättest du anders reagiert. Ganz ohne dabei zu tanzen. Jetzt zeig endlich was er geschrieben hat.«

Ich öffne die Mail und gebe Elena das Telefon, wir gehen in den Laden rein, sie liest die Nachricht laut vor:»Ich bin froh, dich kennengelernt zu haben und habe seit unserem Treffen jeden Tag an dich gedacht. Das Date war wunderbar. Hast du am Samstag Zeit? Liebe Grüße.«

Eine Verkäuferin kommt hinter der Kasse hervor und fragt ob sie uns helfen kann.

»Nein danke. Uns ist nicht zu helfen.«

Verstört und ein wenig angepisst zieht sie wieder ab und belästigt eine andere Kundin mit ihrem Helfersyndrom. So wie die aussieht, braucht sie allem Anschein nach eher Besuch von der Styling-Polizei. Wie kann man sich nur so gehen lassen? Da braucht es die Weiber nicht wundern, wieso die Kerle alle fremdgehen.

Elena hat sich einen weißen Stiletto gekrallt, um ihn zu begutachten.»Wenn ich die anziehe, bin ich fast so groß wie du. Geiles Teil.«

Ein vor der Tür wartender schwarzer Riese, der mich an Usain Bolt erinnert, lässt mir den Atem stocken, und den Mund offen stehen.»Geile Sau.«

»Wie bitte?«

Meine Freundin braucht nicht lange um zu begreifen, was der Auslöser für meinen»komm und fick mich«-Blick ist.

»Maja, nein. Das ist ja schlimmer als mit meinen Kindern im Spielzeugladen.«

»Wieso? Sind da auch so viele schwarze Männer?«

»Nein, aber die wollen auch alles haben, was sie sehen.«

Noch bevor ich habe was ich sehe, steigt das heiße Gerät in ein Taxi und verschwindet aus meinem Blickfeld.

»Sag mal, können wir nicht einfach nach Afrika in den Urlaub fliegen?«

Die Stilettos wandern zurück ins Regal, und Elena grinst mich an.»Ja genau, Misses Pornoprinzessin. Und wenn du nach drei Wochen alle Schwänze, die du hattest, zusammenlegst, hast du die Strecke von Kapstadt bis Klagenfurt.«

Ein älterer Herr der eben in das Geschäft gekommen ist, kriegt einen hochroten Kopf und hastet an uns vorbei.

Ich versteh nicht, wieso alle immer die Gesichtsfarbe wechseln, wenn man Gespräche über Genitalien führt. Was machen denn die, wenn sie nachmittags RTL gucken? Ausschauen wie ein Signalkrebs?

»Also jetzt übertreibst du aber schon ein bisschen. Sag mal willst die Schuhe jetzt kaufen oder hier einziehen? Ich bin durstig, lass uns was trinken gehen.«

Wir machen uns auf den Weg Richtung Innenstadt, unweit vom Rathaus ist ein kleiner Gastgarten. Ein schattiges Plätzchen suchend, lästern wir über vorbeilaufende Passanten und mustern den Arsch des Kellners, bevor wir zwei Aperol-Spritzer bei ihm bestellen.

»Also was machst du jetzt mit deinem Schnucki?«

»Dem hab ich schon längst zugesagt.« Beim Gedanken an den kommenden Samstag richten sich meine Nippel unter dem Shirt auf.

»Wann denn bitte?«

»Als du noch im Schuhkaufkoma warst.«

»Und was machst wegen deinem anderem Mister Schmetterlinge im Bauch?«

»Dem bin ich lange genug hinterhergelaufen. Das Ding ist durch, bringt doch eh nichts außer Ärger.«

Ich nehme einen großen Schluck vom Drink, als könnte das gegen die aufkommende schlechte Laune helfen.

»Nein, das ist sicher noch nicht vorbei.«

Ich verschlucke mich beinahe an der Orangenscheibe, immer dieses verfluchte Obst im Getränk, gemeingefährlich und hinterfotzig.

»Doch ist es. Ich kenn den doch im Grunde gar nicht.«

»Wann hast das letzte Mal an ihn gedacht?«

Scheiße, Fangfrage.

»Keine Ahnung.«

»Du lügst, und das weißt du auch.«

Vermutlich hat sie Recht und da ist noch etwas übrig. Doch alles woran ich im Moment denken will ist Mister Womanizer.

»Können wir nicht über etwas Schöneres reden? Syphilis zum Beispiel?«

»Du bist so blöd, aber das ist gut so.«

2.6.2015

Erwartungsgemäß zäh verstreichen die übrigen Tage bis zum ersehnten Treffen mit Jan, dem Mann der meine Welt rosa schimmern lässt und meine Aura zum Leuchten bringt.

Ich versuche alles um mich abzulenken und nicht permanent auf die Uhr zu sehen. Doch ganz egal was ich auch anstelle, meine Aufmerksamkeitsspanne ist verschwindend gering und reicht gerade mal für die ersten fünf bis maximal zehn Minuten jeder noch so angenehmen Tätigkeit. Spätestens nach Ablauf dieser Deadline kreisen meine Gedanken wieder um Jan, seine stechenden Augen und den Duft seiner Haut.

Auf dem Weg zur Videothek fahre ich an ihr vorbei, weil ich an nichts anderes als Jans Schwanz in meinem Mund denken kann. Bemerke den Irrtum nach guten anderthalb Kilometern und wende.

Gott, ich muss mich zusammenreißen!

Lange hält der Vorsatz nicht, schon wieder hab ich das Bild von Jan im verwirrten Schädel drinnen und verpasse zum zweiten Mal an diesem Tag die Einfahrt zum DVD-Laden.

Ich drehe nochmal um, und tatsächlich klappt es beim dritten Versuch, ich kann die geliehenen Filme zurückbringen.

»Das macht dann achtundzwanzig Euro.«

Ich glaub mein Schwein pfeift.

»Was? Ich will die Dinger ja nicht kaufen!«

»Tut mir leid, aber du hast sie zwei Wochen lang ausgeliehen.«

»So ein Mist, verdammt.«

Ich knalle dreißig Euro auf den Tresen und marschiere hinaus. Soll er sich doch den Rest in den Arsch schieben, blöder Filmwichser.

Kaum vor der Tür, schlägt die Wut in Verlangen um, die Erinnerung an Jans flacher Hand die auf meinen Hintern klatscht, heizt mich genauso auf, wie die hochstehende Sonne.

Erregung kämpft gegen Hunger. Unschlüssig ob ich erst einkaufen oder masturbieren sollte, fahre ich Richtung Wohnung zurück.

Doch noch bevor ich eine Entscheidung treffen kann, winken mich zwei Uniformierte an einer Bushaltestelle aus dem Verkehr.

Na großartig, das hat mir grade noch gefehlt. Kaum ist das Wetter wieder schön schießen diese lustigen Gestalten an jeder Ecke aus dem Boden, schlimmer als die Schwammerl im Wald.

»Sie sind sehr rasant unterwegs. Führerschein und Zulassung bitte.«

Wie soll ich denn meine Geschwindigkeit kontrollieren, wenn ich ständig aufm Handy herumdrücke? WhatsApp und Tacho beaufsichtigen ist einfach zu viel, da könnt ich ja so abgelenkt sein, dass ich noch einen Unfall verursache. Verfluchte Polizei, in welcher Welt leben die denn eigentlich? Nicken, lächeln und Arschloch denken.

Im Handschubfach nach dem verlangten Zeug suchend, fällt mir beinahe eine Tüte mit Gras auf den Beifahrersitz. Ich hab mich schon gewundert, wo der Geruch herkommt. Rätsel gelöst.

Ich drücke dem Ordnungshüter meine Fahrzeugpapiere in die Hand, zutiefst hoffend er möge den restlichen Inhalt den ich dezent zurückgeschoben habe, nicht riechen.

Seine Miene wird sehr ernst als er sich nach einem kurzen Blick in den Führerschein wieder mir zuwendet:»Ich lasse Sie diesmal mit einer Verwarnung davonkommen. Aber beim nächsten Mal, wird's teuer.«

»Alles klar, ich bemüh mich.«

Ich schenke ihm mein unschuldigstes Lächeln und fahre weiter. Von wegen Verwarnung, der hatte sicher gerade Dienstende und wollte keinen Strafzettel schreiben, damit er pünktlich zum Feierabendbier kommt. Verfluchter Schwanzlutscher.

Apropos Oralverkehr. Ich bin völlig durch den Wind, was schönes Hartes im Gesicht könnte mich jetzt wirklich entspannen.

Kaum zu Ende gedacht, summt es auch schon am Beifahrersitz, lieber Gott lass es jemand mit einen Penis sein. Um einer weiteren Ermahnung durch den einzigen besten Freund und Helfer der nicht batteriebetrieben ist zu entgehen, fahre ich rechts ran um mein Handy zu checken.

»Hey ho. Was machst denn grade? Bin in der Nähe und würd dich gerne sehen.«

Jackpot, Baby!

Meine Gebete wurden erhört, der Absender hat einen großartigen Schwanz, außerdem weiß er, was man damit alles anstellen kann. Da er mich schon über ein Jahrzehnt rammelt, sind wir ein eingespieltes Team, er braucht keine Gebrauchsanleitung für meine Muschi mehr, die Funktionen der einzelnen Knöpfe sind ihm zur Gänze bekannt.

Mein Magen knurrt immer noch als ich zuhause ankomme. Ach ja, ich wollte doch noch was Essbares mitnehmen. Scheiß drauf, ich bin mir sicher, dass ich gleich was in den Mund bekommen werde.

Und tatsächlich; das Klingeln kündigt meinen Besucher an, noch bevor ich ihm öffne, hab ich außer dem String alles ausgezogen.

Funkelnde Augen für meinen Turbo-Strip erntend, erwischt mich Yves am Hintern, zieht mich eng an sich und küsst mich.

Er schmeckt nach Marihuana und Kaugummi, ich presse mich fest an ihn und bemerke, dass ich nicht die Einzige bin, die sich schon freut.

»Maja, du geiles Stück, du machst mich so an.«

Ich trete gegen die immer noch geöffnete Eingangstür, als ich den Nachbarn bemerke, der unserem Treiben entgeistert vom Stiegenhaus aus zusieht. Mit einem lauten Knall fällt sie ins Schloss.

Ist ja keine Peepshow hier!

Yves hebt mich hoch und trägt mich in die Küche. Er setzt mich auf die Anrichte, kniet sich vor mich hin, um mir mit einem Ruck den Tanga auszuziehen. Ich lasse meine Beine auseinanderfallen, als sich seine Zunge ihren Weg in mein Allerheiligstes bahnt. Erst nur die Innenseite meiner Oberschenkel küssend, wie zufällig streift er immer wieder an meiner feuchtesten Stelle. Mein Becken beginnt sofort mit den typischen Fickbewegungen, immer schneller geht es auf und ab. Nach einer gefühlten Ewigkeit erreicht Yves mit der Zungenspitze endlich meinen Kitzler und schiebt mir zeitgleich einen seiner Finger in den Arsch. Benommen ächze ich auf: »Bitte fick mich durch.«

Unbeirrt leckt er mich weiter, bringt mich an den Rand des Wahnsinns. Ich kralle meine Fingernägel in seine Schultern, als ich nur noch einige Sekunden vor dem Höhepunkt bin. Plötzlich hört er auf, zieht mich auf den Boden und dreht mich auf den Bauch. Noch ehe ich kapiere was passiert, schiebt er mir seinen steinharten Schwanz in den Arsch.

Ich explodiere vor Lust, als er ihn ganz drinnen hat und mich langsam und bestimmt fickt. Der Fußboden ist genauso klitschnass wie der Rest von mir, ich schreie wie verrückt als es mir endlich kommt.

Yves packt mich an den Haaren, zieht meinen Kopf nach hinten und schaltet einen Gang höher. Härter und schneller werden seine Stöße, ich bin noch nicht mal über die erste Welle hinweg, als sich die zweite bemerkbar macht und ich noch mal komme.

Die angespannte Muskeln in seinen Oberschenkeln verraten mir, dass auch er soweit ist, doch auf einmal zieht er seinen Schwanz raus, dreht mich auf den Rücken und kniet sich über mein Gesicht.

»Mund auf!«

Ich öffne die Lippen, im gleichen Moment schießt mir die weiße Fontäne entgegen, er stöhnt benebelt auf, als ich ihn auch noch sauberlecke.

Lachend liegen wir nebeneinander auf dem Fußboden und schlafen beinahe ein, als uns mein Magenknurren aus dem Ficknirvana reißt.

»Hast du Bock auf Pizza?«

»Unbedingt.«

5.6.2015

Eigentlich wollt ich ja packen. Eigentlich wollt ich einen ruhigen Abend auf der Couch verbringen. Eigentlich wollt ich mein Auto putzen. Eigentlich wollt ich meine Kräfte für morgen Abend schonen. Eigentlich …

Doch wieder mal macht mir mein Kater einen dicken fetten Strich durch die Rechnung.

Hysterisch maunzt er mich an, lässt sich nicht beruhigen, nicht mal durch die Drohung, ich würde mir einen Rottweiler kaufen, wenn er nicht auf der Stelle aufhört mich mit seinem Geschnurre in den Wahnsinn zu treiben.

»Wie oft am Tag brauchst du Futter? Dreiundzwanzig Mal? Du schaust eh schon aus, als ob du bald explodieren würdest.«

Nein, es kümmert ihn einen feuchten Dreck, das Vieh ist genauso verfressen wie ich. Also gut, ich gebe mich geschlagen und mach mich auf den Weg, um eine halbe tote Kuh zu kaufen. Das dürfte dann erstmal reichen, um übers Wochenende zu kommen.

Im Einkaufswagen türmen sich unzählige Packungen mit Fleisch, ich schieße um die Ecke, um noch eine Flasche Rotwein zu suchen und krache gegen einen entgegenkommenden Kunden.

Dem fliegt vor Schreck die Tiefkühlpizza aus den Händen, er wankt kurz, fängt sich aber recht schnell wieder.

»Also für eine Vegetarierin hast du schon viele Tierleichen da drinnen«, grinsend zeigt er auf meinen Einkauf. Ich verstehe erst nicht, sehe ihn entgeistert an, bis ich bemerke, wer da vor mir steht.

»Hey Manuel, was tust du in Kärnten?«

Wir fallen uns um den Hals, haben uns eine Ewigkeit nicht mehr gesehen und doch sieht er noch so aus, wie ich ihn in Erinnerung habe; ausdrucksstarke blaue Augen, seine gekräuselten kurzen Haare hat er mittlerweile an einer Seite des Kopfes abgeschoren, gepiercte Unterlippe und beide Arme voll mit bunten Tattoos. Zerschlissene Jeans verpacken einen süßen Hintern, sein schwarzes»Sex Pistols«-Shirt ist genauso Punk wie er einmal war. Die Tatsache, dass wir beide kreative Freigeister sind, die sich nie in ein Schema pressen ließen, hat uns vor langer Zeit zu Freunden gemacht.

»Ich bin auf spontanem Heimaturlaub. Eben erst angekommen und gleich so eine angenehme Überraschung.«

»Ich sollte viel öfter mal jemand im Supermarkt umfahren. Das macht richtig Laune.«

»Ja, dein Fahrstil war immer schon äußerst umwerfend.«

Wir schlendern zur Kasse und verabreden uns für den Abend in einer kleinen Bar, in der ein Kumpel von uns auflegt. Alte Freunde und Geschichten, elektronische Musik und ein lauer Sommerabend; das Leben ist schön. Nur noch schnell zurück nach Hause, meine Fressmaschine füttern, ratlos vor dem Kleiderschrank stehen und mich nach einer halben Stunde überlegen für ein kurzes, dunkelblaues Kleid entscheiden. Meine Mähne steht chaotisch in alle Richtungen, ich lasse sie einfach so – sie passt gut zum Zustand in meinem Kopf.

Es hat eben zu dämmern begonnen als wir uns vor der Kneipe treffen, der Bass ist bis vor der Tür spürbar und obwohl es noch vor Mitternacht ist, gammeln schon einige Schnapsleichen hier draußen herum.

Wir bahnen uns einen Weg durch die verrauchte Bar, die Tanzfläche ist gerammelt voll, genauso wie die Theke und zwei Stunden später auch wir.

Der Champagner fließt in Strömen, wir haben uns so viel zu erzählen, trinken, tanzen, lachen, feiern uns selbst.

Als ich nach meinem Glas greife, streife ich seinen Arm, ein kurzer Blick bevor er plötzlich aufsteht und ohne ein Wort zu sagen geht.

Ich hinterher, Manuel dreht sich um, nimmt meine Hand und zieht mich in die Toilette.

Ein Betrunkener steht wankend am Waschbecken als wir nach einer freien Kabine Ausschau halten, dreckiges Lachen lässt seine Gedanken erahnen, als wir zu zweit in das einzige leere Klo verschwinden.

Manuel packt mich fest an den Titten, ich gehe vor ihm auf die Knie, packe das harte Ding aus und lasse es zwischen meinen Lippen verschwinden. Mit beiden Händen hält Manuel meinen Kopf, sanft dirigiert er den Rhythmus.

Ich lecke über die Spitze des dicken Teils, er zieht mich hoch, drückt mich gegen die Wand und schiebt mir den Rock nach oben.

Seine Finger fahren dorthin wo es richtig nass ist, ich verliere die Fassung als er den Schwanz ansetzt und mit einem Ruck in mich eindringt.

Ich schreie laut auf, immer heftiger fickt er mich, zwirbelt mir währenddessen die Nippel und zieht daran. Ich halte es nicht mehr aus, ächze, zucke, stöhne wie verrückt.

Er hält mir den Mund zu, doch als ich den warmen Strahl spüre, gibt es kein zurück mehr.

Sekunden nachdem er mich vollgespritzt hat, ist es auch bei mir soweit, zitternd erreiche ich den Höhepunkt und sacke benommen in seine Arme.

»Ich hatte fast schon vergessen, wie gut du das kannst«, keuche ich und streichle über seine Arme als er mir zärtlich den Nacken küsst.

»Ja, ich bin einfach eine Granate im Klo. Und für die zweite Runde suchen wir jetzt nach Verstärkung, ich denke ein zweiter Schwanz könnte dir nicht schaden.«

Freunde sind großartig, die wissen wie man tickt.

6.6.2015

Eitelkeit ist die größere Hure als Stolz. Das Schlafzimmer rotiert noch schlimmer als vor zwei Stunden. Scheißdreck. Vielleicht sollte ich mir einfach eingestehen, dass ich keine 18 mehr bin. Die ganze Nacht durchfeiern ist nicht mehr. Zumindest nicht, ohne einen Regenerationstag einzuplanen.

Aber nein; Misses Unkaputtbar weiß es wieder mal besser und gibt einen feuchten Dreck auf das was andere denken.

Das Resultat meiner Überheblichkeit äußert sich recht heftig, zwingt mich in die Knie, als ich den Versuch starte, wieder gesellschaftsfähig auszusehen. Kaum aus dem Bett raus, scheint das Oberstübchen Millimeter vor der Explosion zu stehen. Und ich dachte immer Migräne wäre ein Synonym für»kein Bock auf ficken«.

Falsch gedacht. Nur um ganz sicher zu gehen, fasse ich zwischen meine Beine … Keine Spur von keiner Lust. Ganz im Gegenteil.

Hatte ich nicht mal einen Kerl hier drinnen? Wohin ist der verschwunden?

Ich torkle Richtung Wohnzimmer, dort angekommen bestätigt sich mein Verdacht. In Embryonalstellung zusammengekauert kuschelt sich ein Nackter gegen eines der Raubtiere. Dessen Schnurren dürfte auch die Ursache meines Schwindels sein. Oder die Unmengen an Wodka Bull und Koks vergangene Nacht.

Schuld ist immer die Katze.

Gebannt beobachte ich die zwei Turteltauben, doch egal wie

sehr ich mich auch anstrenge, ich komme nicht drauf, wer der Unbekannte auf dem Sofa ist.

Vielleicht hilft ja ein Kaffee. Ich starte die Maschine und stell mich erst mal in die Dusche; kaltes Wasser soll ja Wunder wirken.

Kokain auch.

Dann schlüpf ich in den Bademantel, den Rest des weißen Pulvers auf die Waschmaschine schüttend, hektisch und gierig suche ich nach einem Strohhalm. Und siehe da – tatsächlich macht es den Anschein, alles wäre in bester Ordnung.

Und trotzdem: Irgendetwas ist anders.

Stetig schneller steigt der Takt des roten Muskels unter meiner Brust, neurotisch gegen die Rippen hämmernd zwingt er mich zu Boden.

Blut tropft aus meiner Nase, scheiße, ich glaub diesmal hab ich es wirklich übertrieben, ich bekomme keine Luft mehr, das war´s dann wohl.

Verzweifelt versuche ich einen Punkt zu fixieren, mich von den Gedanken gleich zu krepieren zu verabschieden, doch es ist vergebens. Scheiße, ich kann jetzt nicht sterben, meine Wohnung sieht aus wie eine Müllhalde.

Außerdem bin ich heut Abend verabredet, ich muss ihn unbedingt wiedersehen.

Whoop. Whoop.

Verkrampft stemme ich mich auf das Waschbecken, klatsche mir eiskaltes Wasser ins Gesicht und versuche an was Schönes zu denken. Tief einatmen, das wird schon wieder.

Ich ziehe mir eine herumliegende Short und ein Top drüber, sollte einfach mal an die frische Luft gehen um wieder klar zu kommen.

Kaum dort angekommen, beginnt der Kampf von vorn. Höllisch brennt die Sonne in meinen blutunterlaufenen Augen, Herzjagen und das Gefühl keine Luft mehr zu bekommen lassen mich in Panik ausbrechen. Kalter Schweiß läuft mir über die Schläfen und die ganze Welt beginnt sich wieder um mich zu drehen.

Zurück Richtung Eingang wankend höre ich das Klingeln, doch

kann nicht mehr reagieren. Das Fahrrad erwischt mich frontal, ohne Möglichkeit ihm auszuweichen klatsche ich mit dem Hinterkopf auf den Asphalt.

Und plötzlich geht das Licht aus.

Als ich die Augen wieder öffne, blicke ich in zwei besorgt dreinschauende Gesichter, die mir beide irgendwie bekannt vorkommen. Es liegt mir auf der Zunge, und doch weiß ich nicht so recht wer diese Gestalten sind.

»Maja, ist alles in Ordnung?«

Was will der von mir? Ich liege auf der verdreckten Straße, höre die Sirenen immer näher kommen und hab keinen Plan was das alles soll.

»Du bist gestürzt, der Krankenwagen ist gleich hier«, als ob mich die Erklärungsversuche beruhigen könnten. Außerdem, wieso hingefallen? Ich dachte ich bekomme einen Herzinfarkt. Großartig.

Noch bevor ich mich drüber aufregen kann, ist wieder alles finster.

Wahnsinnige Träume geistern durch meinen ramponierten Kopf, ich bin auf der Flucht, doch schaffe es einfach nicht ihn abzuhängen. Der Abstand zwischen uns wird kleiner, ich traue mich nicht umzudrehen und ihn anzusehen, da ich ohnehin weiß wer es ist. Er wird nicht locker lassen, bis er mich zur Strecke gebracht hat und ich endgültig den Verstand verloren habe. Seine Schritte werden lauter, beinahe kann ich seinen Atem schon im Nacken spüren, als ich mit einem Mal erwache und mich aufrichte.

»Scheiße, wo bin ich hier?«

Erschreckt zuckt eine kleine Blondine in weißen Klamotten zusammen, als ich den ersten Brüller des Tages vom Stapel lasse.

»Sie sind im Krankenhaus, sie hatten einen Unfall. Der Arzt ist jeden Moment hier.«

Abgesehen von den Shorts bin ich völlig nackt. An meinem Oberkörper haben sie Saugnäpfe angebracht, neben mir steht ein Monitor, in der Armbeuge steckt eine Nadel, durch die eine Infusion tröpfelt.

Die zu Tode strapazierte Phrase vom bösen Erwachen erreicht

auf einmal nie geahnte Dimensionen. Fuck, was zum Teufel ist denn passiert?

Kalter Schweiß sammelt sich in einer kleinen Falte, dort wo der Hals aufhört und die Schultern anfangen. Mein Fokus dreht sich immer schneller um die eigene Achse, mein Puls scheint auf dem besten Wege mein Herz zu zerbomben. Ununterbrochen denke ich nur an eine einzige Sache:»Du kannst jetzt nicht sterben.«

Wie ein unsichtbarer Schleier legt sich nackte Angst um mich herum, verheddert sich, weil ich nicht damit aufhöre dagegen anzukämpfen, raubt sie mir den Atem.

Mein verfluchtes Herz hat den Kopf geschrottet. Aber diesmal so richtig. Belangloser Dach- oder rauschgiftbedingter Kollateralschaden?

Wen interessiert's.

Bitte liebes Gehirn, halt einfach mal die Fresse.

Jetzt, wär super.

Von einer Sekunde auf die andere kommen die Wände des Krankenzimmers immer näher, langsam doch spürbar weicht der ganze Sauerstoff aus dem Raum, mein Brustkorb hebt und senkt sich als ob ich eben die Ziellinie des Ironman-Wettbewerbs überquert hätte.

Das Blondchen steht auf einmal neben mir und fasst an meine Schulter und hält meine Hand.»Keine Sorge, Sie sind in guten Händen. Hier kann Ihnen nichts mehr passieren.«

Sie dreht an der Schraube des Tropfs und tatsächlich beruhige ich mich, als der Arzt vor mir auftaucht:»Na, da ist ja jemand wieder zu sich gekommen. Guten Tag.«

Ein hochgewachsenes Oberschnucki mit schwarzen Haaren und hellblauen Augen steht vor meiner Pritsche und schüttelt mir die Hand. Wäre ich nicht mit meiner Panik beschäftigt, könnte ich glatt auf böse Gedanken kommen.

»Hallo. Hab ich eine Herzattacke?«

Er mustert den Monitor und das Klemmbrett dass er in der Hand hält für einen Augenblick und setzt sich dann auf einen der Stühle.

»Sie haben eine Gehirnerschütterung, keinen Infarkt. Ihr Herzschlag ist viel zu hoch. Haben Sie irgendwelche Drogen genommen?«

»Ja.«

»Welche?«

»Alle.«

Mehr bringe ich nicht heraus, Tränen laufen mir über die Wangen. Warum bin ich so unendlich bescheuert?

»Wir warten die Laborergebnisse noch ab, ich komme dann wieder und möchte Sie diese Nacht zur Beobachtung hier lassen.«

Ich nicke stumm, vergrabe mein Gesicht unter den Händen. Ich hasse es vor anderen Menschen zu weinen.

Als er wiederkommt, bin ich gefasst, die Tatsache dass sich so viele Menschen hier um mich kümmern, lässt die Angst kleiner werden.

»Sie sollten einen Gang zurückschalten. Haben Sie schon mal daran gedacht einen Entzug zu machen? Wir haben eine ausgezeichnete Stadion im Haus.«

»Nein, danke. Ich schaff das auch alleine.«

»Sie sind auf beinahe alle Substanzen positiv getestet worden. Ich glaube, Sie machen sich was vor.« Seine Miene wird ernst, als er die Ergebnisse nochmal durchblättert.

»Hören Sie, ich war schon mal in der Psychiatrie. Und danach war ich noch irrer als davor. Alles was ich will, ist die Bestätigung, dass ich heute Nacht nicht sterben muss.«

»Diese Garantie kann ich niemandem geben. Tut mir leid. Überlegen Sie sich in Ruhe wie es weitergehen soll. Das ist eine Entscheidung, die sie nicht von heute auf morgen treffen können, so was muss gut vorbereitet werden.«

Ich versuche mich zusammenzureißen, doch es hilft nichts. Als er wieder geht, schluchze ich wie ein kleines Kind; das darf doch alles nicht wahr sein.

8.6.2015

Fest entschlossen, dass ich alles wieder auf die Reihe bekomme schnappe ich mir die Überweisung für die Psychiatrie, verabschiede mich von der Schwester und dem schwarzhaarigen Oberschnucki im weißen Kittel und mache mich auf den Heimweg.

Erstmal die Krawallraupen versorgen, das hat die höchste Priorität, Punkt zwei auf der Agenda ist das Schlachtfeld zuhause säubern.

Auf dem Weg ruft mich Manuel an, erkundigt sich ob alles wieder gut sei. Ich lüge ihn an und sage alles sei in bester Ordnung, keinen Ton von meinem Plan mit allem, was zu dem gottverdammten Teufelszeug gehört, endgültig zu brechen.

»Du hast mir eine Heidenangst eingejagt, du hast nicht mal mehr gewusst wer ich bin.« Sein Tonfall ist überraschend ernst, ganz anders als zwei Tage zuvor. Frisch durchgefickt und voller Champagner ist eben entspannter.

»Cést la vie mein Lieber. Kennst mich eh. Immer bis zum geht nicht mehr und noch ein bisschen weiter.«

»Bitte, pass auf dich auf.«

»Mach ich Großer. Wir hören uns.«

Kaum angekommen überfällt mich die Putzwut, ich suche die ganze Bude nach Drogen ab und werfe alles in den Müll. Drama hatte ich genug, weg mit allem, was mir nicht gut tut. Ab sofort will ich nur noch Menschen treffen die eine Bereicherung für mich sind.

So wie der liebste aller Gartenzwerge.

Elenas Schmunzeln wirkt wahre Wunder, wir sitzen in einem Cafe am Stadtrand.

»Na, du Partytiger, wie war der Ausflug in die Klapsmühle?«

Mir bleibt vor Lachen fast der Keks im Hals stecken.

»Die haben gesagt ich bin zu wenig irre.«

»Die haben was?«

»Kann ich deinen Keks haben, Frau Gluten-wird-uns-alle-umbringen?«

Gott, bin ich hungrig.

»Jetzt erzähl schon was los war.«

»Ich war bei einer Psychiaterin, die hat sich nett mit mir unterhalten und mich gefragt ob ich denn schon mal dort drinnen war. Ich so – ja vor einer halben Ewigkeit. Dann wollte sie wissen ob ich in der Zwischenzeit nie in einer Anstalt oder in Haft war. Als ich beide Fragen verneinte hat sie gesagt, dass dann ja eh alles gut sei und sie mir ein Antidepressivum verschreiben kann.«

Elenas gebannter Blick spricht Bände.»Das ist nicht dein Ernst?«

»Und ob. Ich dachte erst ich würde wenigstens ein Gratis Mittagessen abstauben.«

»Wie geil ist das denn bitte?«

»Also ich finde das nicht lustig. Nach drei Tagen verkatert sein, braucht man schließlich auch was zu essen. Frau Psycho- Doktor hätte das schon wissen müssen.«

Gierig starre ich auf das Sandwich, dass ein älterer Herr am Nebentisch serviert bekommt.

»Maja, du hast so einen Knall.«

»Ich will noch einen Keks.«

Durch unser Lachen aufgeschreckt, starrt der Rentner plötzlich zurück, ich drehe meinen Kopf in die andere Richtung um nicht den Anschein zu erwecken, dass ich ihn anflirten würde. Im Augenwinkel sehe ich etwas Pelziges und zucke kurz zusammen.

»Was ist jetzt los? Kriegste den nächsten Anfall?«

»Boah, ich dachte hinter mir sitzt eine Katze, dabei war es der Dutt von der Tussi hinter mir.«

Na bravo, jetzt hab ich auch noch Angst vor fremden Haaren, ob es dagegen was von Ratiopharm gibt?

»Vielleicht hättest du das der Ärztin sagen sollen? Dann hättest du sicher drei warme Mahlzeiten am Tag bekommen, für sehr lange Zeit sogar.«

»Verdammt, wieso bin ich nicht von selbst auf die Idee gekommen?«

»Fahr einfach noch mal rein und erzähl ihr, die Katze hat gesagt du musst das tun.«

Mittlerweile starren uns alle andern Gäste an, bin mir nicht sicher ob es an unserem blendenden Aussehen oder unserer ausgelassenen Stimmung liegt.

Man wird sich wohl noch freuen dürfen, wenn man zu wenig durchgeknallt und am Leben ist.

»Super Idee, Elena. Sag mal, wolltest du nicht um halb eins los?«

»Ach ja, verdammt. Ich hab keine Lust wieder nach Hause zu fahren.«

»Ruf deinen Mann an. Sag ihm die Katze hat gesagt, dass du mit mir ans Meer fährst.«

10.6.2015

Jedes einzelne Abteil des Zuges ist bis zum Rande vollgestopft mit verschwitzten Reisenden, das Gepäck hinter mir herschleppend suche ich nach einem einzigen leeren Sitz; vergebens.

Mit einem kurzen Zischen öffnet sich die Tür zum Speisewagen, und doch fühle ich mich, als würde ich gegen eine Wand laufen. Kein Wunder, dass der Waggon der einzige ist, der fast leer ist, es hat bestimmt tausend Grad hier. Abgesehen von einem dunkelhäutigen Mann, einer älteren Frau mit Dackel und mir hält sich kein anderer Fahrgast da drinnen auf.

Eine ankommende Mitarbeiterin entschuldigt sich für die ausgefallene Klimaanlage, sie wirkt äußerst verzweifelt und mitleiderregend. Verständlich, wenn man in einer Uniform durch die Sauna läuft und dabei verschwitzte Leute nach der Fahrkarte fragen muss. Eigentlich eh ein Scheißjob.

Ich setze mich ans Fenster, reiße solange am Griff, bis sich die Selbstmordschutzvorrichtung löst und ich es öffnen kann. Der Windhauch und ein großer Schluck der eiskalten Cola lassen mich erleichtertet Seufzen.

Ich bin endlich unterwegs zu Jan, mit einer Woche Verspätung ist meine Lust auf ihn ungebrochen und steigt genauso wie die Temperatur mit jedem Kilometer, an dem ich näher zum vereinbarten Treffpunkt komme.

Tief in Gedanken versunken schaue ich aus dem Fenster als ich das Summen neben mir bemerke, ein kurzer Blick aufs Display bestätigt meine Vermutung: Nachricht von ihm.

»Ich will dass du dir das Geschenk, dass ich dir geschickt habe, jetzt benutzt.«

Verstohlen suche ich in der Tasche nach dem kleinen, ferngesteuerten Vibrator und mache mich auf den Weg in die Toilette, als die nächste Nachricht von ihm kommt.

»Dort wo du jetzt bist, nicht aufs WC verschwinden.«

Eine Gänsehaut läuft mir über den Rücken, woher weiß Jan was ich vorhabe? Beobachtet er mich etwa? Oder hat er einfach geraten?

Nach kurzem Überlegen tippe ich auf die zweite Möglichkeit, verschwinde für einen Augenblick in dem abgefucktem Klo, steck mir das rosafarbene Ei tief in die bereits völlig durchnässte Spalte und nutze die Gelegenheit um mich frisch zu machen, es dauert nicht mehr lange bis ich in der Hauptstadt ankomme.

»Sehr geehrte Fahrgäste, wir erreichen in wenigen Minuten Wien Hauptbahnhof«

Die Durchsage kommt genau richtig, ich packe mein restliches Zeug hektisch zusammen und mache mich bereit zum Aussteigen.

Der wuselnde Pulk am Bahnsteig macht es mir unmöglich den Traum meiner schlaflosen Nächte zu finden, wozu auch, der soll gefälligst mich suchen.

Kaum habe ich den Gedanken zu Ende gedacht, krallt sich eine Hand meinen Arsch. Erschrocken drehe ich mich um und tatsächlich: Jan.

Hypnotisiert von seinen Augen schlinge ich meine Arme um ihn, er packt mich am Hinterkopf, zieht mich an sich und ich verliere mich im darauffolgenden Kuss. Verliere mich in ihm. Verliere mich in seinem betörendem Geruch. Er riecht nach Keksen.

Filmreifer hätte es auch Steven Spielberg nicht hinbekommen.

Als wir uns voneinander lösen, sind wir die Einzigen die zwischen den zwei wartenden Zügen stehen; ich bin unfähig einen Schritt zu tun, weil die verdammten Knie weich geworden sind.

»Schön dass du gekommen bist.« Der Klang seiner Stimme lässt mich um ein Haar die Fassung verlieren; es könnte aber auch am laufenden Vibrator liegen, der nach wie vor in mir steckt.

Jan nimmt meine Hände in seine und schaut in dem Moment aus, wie ein kleiner Junge, der sich zum ersten Mal verliebt hat; riesengroße Augen glänzen mir entgegen. Während ich noch probiere mich dem perfekten Moment hinzugeben, laufen tausend Gedanken durch meinen Schädel: Soll ich ihm sagen, dass ich jede Sekunde ohne ihn zu sein gehasst habe? Dass ich mich in ihn verknallt habe? Soll ich einfach so tun, als wäre er nichts anderes als ein netter Zeitvertreib? Soll ich mich einfach komplett unnahbar geben? Soll ich mich einfach betrinken?

»Ich muss aufs Klo.«

Danke, liebes Gehirn. Genau nach der Ausrede hab ich gesucht, die lässt so viel Interpretationsspielraum. Souverän war gestern. Fotze.

Jans Gesichtszüge werden noch eine Nuance weicher, ein verschmitztes Lächeln huscht über seine Lippen.»Na du kleines Luder, du willst den Fipsi nicht etwa schon wieder rausmachen?«

Vorsichtig tastet sich seine Linke unter meinen Rock, ich bin so heiß auf ihn, dass ich mich am Liebstem gleich hier auf der Stelle von ihm nehmen lassen möchte.

Mein Becken tanzt bereits in den bekannten Fickbewegungen gegen seins, seine Finger streicheln erst über meine Wirbelsäule, kratzen am Nacken ehe sie sich am Hinterkopf in meinen Haaren vergraben.

Als ob die Luft nicht schon heiß genug wäre, dreht der Takt seiner Berührungen noch mal den Thermostat nach oben, ich wäre dann soweit um wahnsinnig zu werden.

Verspielt tänzelt seine Zungenspitze über die Konturen von meinem Ohr, ich weiß nicht ob die Innenseite meiner Oberschenkel schmilzt, als ich seine Hand dort bemerke; unaufhaltsam nach oben wandernd.

»Maja, irgendwie bist ein bisschen durch den Wind, was?«

Geschickte Finger haben meinen Tanga längst zur Seite geschoben. Zärtlich streichelt er mich, teilt die kleine Furche zwischen den Schamlippen und dringt in mich ein. Das vibrierende Plastikgerät und seine Finger sind einfach zu viel auf einmal.

Ich beiße mir auf die Lippen, um nicht laut zu stöhnen als es mir kommt, zeitgleich fährt einer der Züge ab und ein Schaffner kommt in unsere Richtung. Perfektes Timing.

Jan zieht seine Hand zurück, nimmt mein Gepäck und wir verlassen den Bahnhof, meine Beine sind wackelig und das Vibro-Ei ist immer noch in mir.

Noch bevor wir in eins der Taxis einsteigen flüstert Jan mir zu:»Du hast die Aufgabe im Zug nicht so erledigt wie ich dir sie aufgetragen habe. Dafür wirst du dem Taxifahrer den Schwanz lutschen.«

Mit offenem Mund starre ich ihn an und frage mich, ob ich eben richtig gehört habe.

»Mach den Mund zu, Maja. Den wirst du gleich weit genug aufmachen müssen.«

Aus dem schwarzen Mercedes vor uns steigt ein ebenso dunkler Kerl aus, lächelt uns zu und verstaut meine Tasche im Kofferraum. Langsam setzt sich der Wagen in Bewegung, es ist eiskalt da drinnen, Klimaanlage sei Dank; und dennoch wird mir mit jeder Sekunde heißer. Ich sitze auf der Beifahrerseite des Taxis, Jan hat sich hinter dem Fahrer platziert, wohl um ganz genau zu sehen, was ich mache. Durch den dünnen Stoff des Strandkleids zeichnen sich meine Nippel ab, was auch dem Typ neben mir nicht entgangen ist.

Ich schätze ihn auf Mitte Zwanzig, er trägt eine verwaschene Jeans zu einem weißen Hemd, dass mit seinen Zähnen um die Wette leuchtet, die Schultern durch lange Dreadlocks verdeckt, die er offen trägt.

Es grenzt an ein verfluchtes Wunder, dass im Radio nichts von Bob Marley läuft. Nein, auch nix von Gentleman oder Patrice. Mister Rastafari hört deutsche Schlager. Was für ein Alptraum.

Atemlos, durch die Nacht.

Helene Fischer CDs sollten sie in sozialen Brennpunkten auf Krankenschein verschreiben; es ist wohl eins der besten Anti-Aphrodisiaka überhaupt, vermutlich mit dem gleich hohen Pearl Index wie Kondome.

Durch die Aussparungen der Nackenstütze kann ich plötzlich Jan spüren, er streichelt meinen Nacken, verfängt sich in einer der Haarsträhnen und zieht mich zurück.

»Sag mal Schätzchen, wolltest du nicht noch was fragen?«

Ach ja, da war noch was.

Es macht mir prinzipiell nichts aus fremde Menschen nach Oralsex zu fragen; in einer Diskothek oder bei einer Hochzeit, wobei man da ja auch immer betrunken ist. Aber das hier ist eine ganz andere Nummer.

Drei Euro zeigt der Taxameter an, es wird noch ein Weilchen dauern, bis wir unser Ziel erreicht haben.

Tief einatmen, Helene Fischer ignorieren, ausatmen. Einatmen, ausatmen. Röcheln. So laut atmen, dass man Helene Fischer nicht mehr hört.

Ich liebe es, wenn ein Plan funktioniert.

»Gnädige Frau, ist alles in Ordnung?«

Na toll; der redet auch wie ein Spast. Zumindest ist es mir jetzt egal.

»Nein.«

Die Ampel vor uns schaltet auf Rot, der Wagen hält und Mister Cab Driver sieht mich aus riesigen dunkelschwarzen Augen fragend an:»Was stimmt denn nicht?«

»Baby, die Musik ist schrecklich. Würde es dir was ausmachen auf FM4 umzuschalten, wenn ich dir im Gegenzug einen blase?«

Jans Griff lockert sich augenblicklich, lachend quittiert er den fragenden Blick des Taxifahrers mit einer Kurz-Anleitung für meine Wenigkeit.»Schon gut, Junge. Sie meint das Ernst und macht das richtig gut. Fick sie ruhig ins Gesicht.«

Lauter werdendes Hupen hinter uns lässt ihn aufschrecken und weiterfahren, während ich schon über seine Schenkel streichle und bemerke wie die Anspannung in seinen Muskeln merklich nachlässt; oh ja er scheint sich zunehmend zu entspannen.

Ich fasse ihn zwischen die Beine, sein Schwanz drückt steinhart gegen meine Handfläche; öffne den Reißverschluss seiner Levis, hole das glühende Teil in schwarz aus seiner Verpackung. Gott ist der groß, wie hat er all das in der engen Jeans verstauen können?

Die Schwanzspitze leuchtet dunkelviolett, er ist beschnitten und bis auf den letzten Quadratmillimeter rasiert. Juhu; blasen ohne danach ein Wollknäuel auszukotzen.

»Gnädige Frau, ich muss hier Auto fahren.«

Angesichts der Tatsache, dass ich die schwarze Latte bereits bis zum Ende im Mund habe, hält sich meine Begeisterung für Smalltalk in Grenzen, weswegen sich Jan einschaltet.»Fahr die Übernächste rechts rein.«

Durch den Stillstand des Autos werde ich aus der Trance gerissen, wo zum Teufel sind wir denn hier? Alte Industrieruinen säumen das Blickfeld, als ob die Uhren hier vor sehr langer Zeit stehen geblieben wären.

Lange kann ich mich nicht an dem Panorama sattsehen, unerwartet reißt Jan die Türe auf und zerrt mich aus dem Auto.

Noch bevor ich realisiere was mit mir geschieht, küsst er mich, zieht mir währenddessen das Kleid aus, drückt meine Titten fest.

Ich winde mich vor Schmerz und Lust, ehe ich zwei weitere Hände spüre, diesmal an meinem Arsch, erst ein vorsichtiges Abtasten, das aber allmählich in forderndes Schlagen überläuft. Schneller und härter knallt die flache Hand auf den Hintern, es brennt wie verrückt.

Unerwartet fange ich mir eine Ohrfeige, unfähig zu einer Reaktion hebt mich einer der beiden auf die Motorhaube, die sich als äußerst heiß erweist.

»Die war dafür, dass ich über eine Woche auf dich gewartet habe.«

Dachte mir schon, dass ich mir die von Jan eingefangen habe, auch die nächste verfehlt ihre Wirkung nicht um einen einzigen Millimeter.

Jan legt mir seine Finger um den Hals, drückt zu, ich bekomme keine Luft mehr. Zwischen meine Beine drängend, packt er den Schwanz aus, reibt ihn an mir und dringt heftig in mich ein, fickt wie ein junger Gott.

Ich will schreien, weit geöffnet der Mund als ich plötzlich noch was Hartes dort reingerammt bekomme; amüsiertes Gelächter über mir.

»Schätzchen, ich hab dir doch gesagt, dass du die Klappe nicht immer so weit aufmachen sollst.«

Meine Mundwinkel sind nicht die einzigen ramponierten Körperteile, als wir schließlich im Hotel ankommen zeigt der Taxameter dreiunddreißig Euro an.

Noch bevor Jan nach dem Portemonnaie greift, winkt Mister Rastafari tiefenentspannt ab:»Lass stecken, geht aufs Haus.«

Na toll, dafür, dass mir der Typ ins Gesicht gespritzt hat, gibt's die Fahrt umsonst. Wieso bin ich nicht schon früher auf die Idee gekommen? Hätte mir eine schöne Stange Geld ersparen können, wobei ich mich während dem Aussteigen noch frage, ob das rein rechtlich unter Prostitution fällt. Wenn ja, war ich eindeutig zu billig. Vielleicht sollte ich die Nummer mal mit einem Piloten abziehen, um so gratis in den Urlaub fliegen zu können?

Während ich meinen Business-Plan im Kopf weiterspinne, reißt mich Jan aus meinem Tagtraum, er nimmt meine Hand und wir schlendern wie verliebte Teenager durch die Lobby.

»Du siehst hungrig aus, Maja.«

Ich liebe es, wenn er sich so fürsorglich gibt.

»Bin ich auch.«

»Auf was hast denn Lust?«

Klingt nach einer Fangfrage, vielleicht sollte ich zur Abwechslung mal nachdenken, bevor ich den Mund aufmache.

»Auf Hummer und Austern und Tiere die aussterben.«

Laut lachend zieht er mich an sich, schnappt sich meinen Hintern und küsst mich. Bitte lieber Gott, mach dass er nie mehr damit aufhört.

»Ich denke wir rufen den Zimmerservice.« Jan zieht mich hinter sich her, dirigiert mich wortlos in die Suite im höchsten Wolkenkratzer des Landes. Die Aussicht ist gewaltig, direkt unter mir erstreckt sich die Donauinsel und die Reichsbrücke, beeindruckt ziehe ich mir das Kleid über den Kopf, splitterfasernackt stehe ich vor ihm.

Energisch fasst er an die mittlerweile kerzengerade abstehenden Brustwarzen; Fingerspitzen die mich immer weiter in den Wahnsinn treiben.

Jan presst seinen Körper an meinen, gekonnt reibt er über den heißen Fleck zwischen meinen Beinen, wie ein Gepard der um die Antilope schleicht, kurz bevor er sie mit einem gezieltem Biss in die Kehle erledigt.

Bestimmend umklammert er mit seinen Händen meine, hält mich fest, sein Mund kommt immer näher zu meinen Ohren. Diffuser Schwall aus warmer Luft kitzelt die Nervenenden, feucht und hart die Zungenspitze, die so besessen über mein Ohrläppchen tänzelt wie ein Jugendlicher auf Ecstasy.

Trotz hochsommerlicher Temperaturen zieht sich ein eiskalter Schauer über jeden einzelnen Quadratmillimeter meiner Haut, legt sich über den Nacken, drückt unerwartet zu und hinterlässt nichts als einen Hauch von Sehnsucht im Unterbewusstsein.

Ich bin nicht mal einen Millimeter davon entfernt, den Verstand endgültig zu verlieren, meine Knie versagen ihren Dienst und ich sacke wie ein nasser Sack in Jans Arme.

Er fängt mich auf, hebt mich hoch, vorsichtig lässt er mich aufs Bett sinken, streichelt mir übers Gesicht, fixiert mich mit seinem Blick.»Ruh dich mal aus, Kleines. Ich bin hier, falls du irgendwas brauchst.«

Ich kralle meine Finger in seinen Nacken, ziehe ihn noch ein Stückchen näher, will ihn nie mehr wieder loslassen. Inhaliere das Gefühl von wahrhaftiger Nähe, seinen Geruch, die Gewissheit am Ende der Suche angekommen zu sein.

»Aber ich will nicht einschlafen.« Beherzt versuche ich Widerstand zu leisten, ich will keine einzige Sekunde verschwenden in der er bei mir ist.

»Maja, ich verspreche dir, dass ich da bin, sobald du die Augen wieder aufmachst.« Jan kuschelt sich an mich, zieht mir die Decke über den nackten Körper, liebkost meinen Nacken und hält mich fest. Wie ein Schleier legt sich eiserne Müdigkeit über mich, trotzdem kribbelt es wie verrückt; nicht nur zwischen den Beinen, nein; ich glaub diesmal auch ein Stück weiter oben.

11.6.2015

Ich wünschte, ich könnte die Zeit anhalten, doch die ersten Sonnenstrahlen dringen bereits durch die geöffneten Fenster herein.

Eng umschlungen liegen wir auf zerwühlten Laken, ich kann Jans Herz schlagen hören, drehe mich kurz zur Seite um auf die Uhr zu sehen, mein Verdacht bestätigt sich: Verdammt nur noch eine Stunde.

Als hätte er meine Gedanken fluchen gehört, öffnet er die Augen, flüstert mir »Guten Morgen« ins Ohr und küsst mich.

»Warum vergeht die Zeit mit dir bloß immer so schnell, Kleines? Wir müssen leider aufstehen, bald geht mein Flug.«

Noch bevor ich widerwillig auf meinen immer noch wackeligen Beinen stehe, hält mich Jan zurück, um mir noch ein Andenken an die Zeit mit ihm zu hinterlassen: Er schnappt sich den überdimensionalen Vibrator vom Nachtisch, mit dem ich vergangene Nacht bereits intensive Begegnungen hatte, schiebt meine Beine auseinander und macht genau dort weiter wo wir aufgehört haben, bevor wir beide ins postkoitale Wunderland verschwunden sind.

Zitternde Knie lassen mich den nahenden Höhepunkt erahnen, doch ehe ich dort ankomme, klatscht seine flache Hand gegen die Innenseite meiner Schenkel. Unbändige Lust mischt sich mit dem Brennen, das seine Schläge auf der Haut hinterlassen, und doch bin ich nur mehr kurz vor der Explosion.

Vorsichtig zieht er die riesige, summende Spitze über die völlig durchnässte Spalte, schiebt mir den Vibrator mit einem Ruck hinein und ich komme mit lautem Stöhnen zum Höhepunkt.

Jan lässt einen Moment von mir ab, bis ich mich gefangen habe, nimmt mich in den Arm und sieht mich amüsiert an:»Sag mal, wer hat dir eigentlich erlaubt zu kommen?«

»Entschuldige, ich hab´s einfach nicht mehr ausgehalten.«

Er streichelt über meine Brüste, erst nur ganz sanft, seine Finger wandern zu den abstehenden Nippeln, plötzlich packt er sie fest und zieht daran.

Ich widerstehe dem ersten Impuls mich seinem Griff zu entziehen, wohlwissend was er dann mit mir anstellen würde. Stattdessen versuche ich mich nur noch aufs Atmen zu konzentrieren, um mich vom stechenden Schmerz in den Brustwarzen abzulenken, der sich allerdings ins Unermessliche steigert als er sie loslässt, aufsteht und kurz im Nebenraum der Suite verschwindet.

Als er wiederkommt, hat er eine schwarze Aktentasche in der Hand, befiehlt mir, mich vor das Bett zu knien und verbindet mir die Augen. Ich kann das Klirren einer Kette hören und ahne nichts Gutes.

Jan schraubt mir Klemmen sehr fest auf die ohnehin schon in Mitleidenschaft gezogenen Titten, ich winsle kurz auf, als er die daran befestigte Kette in die Höhe zieht und sie mir in den Mund steckt.

»Wehe, du lässt sie fallen.«

Zärtlich fährt er mir über die Schultern, zeichnet meine Konturen mit den Fingerspitzen nach, wandert hinunter bis zu den Hüften, greift um sie herum und hebt mich ein Stück nach oben. Mit den Armen stütze ich mich auf der Matratze ab, immer und immer wieder landet seine Hand laut schnalzend auf meinen Hintern und den Oberschenkeln.

»Du bist unglaublich. Je mehr ich dich schlage, umso mehr läuft deine Fotze aus.«

Ich kann sein Grinsen zwar nicht sehen, aber spüren tu ich es. Genauso wie seinen steinharten Schwanz, den er mir Zentimeter für Zentimeter in den Arsch schiebt und mich immer heftiger damit durchfickt.

Um mich am Schreien zu hindern, hält er mir den Mund zu, wohl auch um mich am Loslassen der Metallkette zu hindern an der nach wie vor meine Nippel nach oben gezogen werden.

Mit seinem Riesenprügel in mir bringt er mich beinahe zum Verzweifeln, Jan hat ihn mir mittlerweile bis zum Anschlag in das enge Loch gedrückt und vögelt mich gekonnt bis kurz vor den zweiten Orgasmus des Tages.

Doch ein Bruchteil davor hält er inne, stößt ihn noch einmal ganz hinein, zieht ihn mit einem Mal aus mir raus, dreht mich auf den Rücken.»So Baby, jetzt darfst den Mund wieder aufmachen.«

Er kniet über meinem Gesicht, hält seinen Schwanz in der Hand und wichst ihn. Kaum habe ich die Lippen geöffnet, schießt er mir die ganze Ladung tief in den Rachen, ich schlucke alles hinunter und wische über die linke Wange, wohin sich ein kleiner Rest des klebrigen Zeugs verirrt hat.»Das ist so lieb von dir. Hab schon lange kein Frühstück mehr ans Bett gebracht bekommen.«

»Schätzchen, ich mag deinen Humor.« Lächelnd löst er die Klammern und massiert den geschundenen Busen, der, als das Blut zurückschießt, höllisch weh tut. Als sein Handy klingelt, wissen wir beide, dass es Zeit für den Abschied wird. Schweren Herzens packe ich mein Zeug zusammen und umarme ihn ein letztes Mal.

»Am liebsten würde ich dich einfach mitnehmen, Maja.«

»Ich glaub nicht, dass das deiner Frau Recht wäre.«

15·6·2015

Unnachgiebig knallt die Sonne vom Himmel, macht mich noch schärfer als Rocco Siffredi und Rotwein zusammen. Ich sehe mich am Ufer des Sees nach was Fickbarem um, aber leider Fehlanzeige.

Die einzigen Männer die so halbwegs anziehend auf mich wirken, haben alle eine Frau im Schlepptau, sind also eher unbrauchbar für eine schnelle Nummer in der Umkleide.

Wenn schon die Realität nix hergibt, sollte ich mal die virtuelle Welt durchchecken. Gehe meine Bumskontakte bei WhatsApp durch und überlege wen ich wohl anschreiben sollte.

Den Autoficker aus Klagenfurt? Ach, der ist ohnehin nach fünf Minuten fertig und fragt danach allen Ernstes wie er war. Kann ich gerne drauf verzichten, da macht onanieren mehr Spaß.

Oder der schwarze Riese aus Nigeria? Ein Sportfickfanatiker erster Klasse, aber leider äußerst anhänglich. Kein Bock auf romantische Liebesschwüre während ich den Arsch gevögelt bekomme. Kuschelsexgestörte Neurotiker; nein danke.

Bin ich zu anspruchsvoll? Oder haben die Typen alle einen an der Waffel? Wo sind die dominanten Puristen hin, die eine spontane Nummer am Nachmittag zu schätzen wissen, ohne mich gleich vor den Altar zerren zu wollen?

Hektisch streicht der Daumen über den Bildschirm vom Smartphone und bleibt bei einem Bekannten aus der Steiermark hängen. Wir kennen uns schon eine Weile und ficken auch gerne miteinander. Sein Schwanz ist nicht nur riesengroß, nein er kann auch damit umgehen. Der Gedanke an das Deluxe-Exemplar lässt mich äußerst unkonzentriert werden. Und richtig feucht an der richtigen Stelle.

»Hi. Wie geht´s?«, versuche ich nicht gleich bei der ersten Nachricht mit der Tür ins Haus zu fallen. Markus kennt mich ohnehin schon gut genug, um zu wissen worauf die Konversation hinausläuft. Hab das Telefon noch nicht mal auf die Seite gelegt, als mir das Summen seine Antwort ankündigt.

»Hi, Baby. Passt alles? Bei dir? Was tust´n?«

»Lieg am See und denk an dich.«

»Dann sollten wir uns sehen.«

Ich mag Männer, die wissen was ich brauche ohne dass ich es sagen muss. Wir verabreden uns für den frühen Abend in einem nahegelegenen Hotel. Er hat ein Haus, unweit des Nobelschuppens am Wörthersee, doch sein Anstand ist groß genug, um mich nicht dorthin einzuladen. Wäre auch unpassend mit mir in dem Bett zu liegen, in dem er für gewöhnlich seine Ehefrau besteigt. Beinahe schon ein Moralapostel der Mensch.

Markus öffnet mir die Tür, grinst mich an, zieht mich in die riesige Suite und beginnt ohne ein Wort mich auszuziehen.

»Genauso hab ich dich in Erinnerung, du geiles Miststück«, vorsichtig tasten sich seine Finger an die nasse Stelle zwischen meinen Schenkeln und ich bin nicht weit davon entfernt völlig auszulaufen. Kurz streift er mich und entlockt mir ein wimmerndes Stöhnen ehe er sich zurückzieht und den Hörer des antiquiert wirkenden Telefons neben dem Bett abnimmt.

»Hallo. Bitte eine Flasche Champagner auf Zimmer 245.«

Ich halte die Spannung, die in der Luft liegt, beinahe nicht mehr aus und streichle mich selbst, während er mir dabei zusieht, immer noch in seinem schwarzen Anzug.

Immer heftiger stoße ich meine Finger in die heiße Stelle, die drauf und dran ist meine Vernunft lahm zu legen; schaue Markus die ganze Zeit über tief in die Augen während ich millimeternah an der Grenze zum Höhepunkt herumtanze.

Einen Augenblick bevor es soweit ist reißt mich ein Klopfen aus dem Tranceähnlichem Zustand der Ektase. Verdammt nochmal. Der Zimmerservice.

»Na los, Baby. Öffne die Tür.«

Fassungslos und verwirrt bin ich mir nicht sicher ob es sein Ernst ist, oder er mich bloß auf den Arm nimmt.»Im Ernst?!

Energische Schritte in meine Richtung, er packt meine Haare, zieht daran, klatscht mit der anderen Hand auf meine Brüste und drückt mich Richtung Tür.»Los jetzt. Mach auf.«

Widerwillig tue ich was er von mir verlangt, splitterfasernackt öffne ich einem äußerst attraktiven jungen Kellner der mit dem geordertem Sprudelwein wartet. Äußerst professionell ignoriert er die Tatsache, dass ich nichts mehr anhabe, öffnet die Flasche und schenkt zwei Gläser ein.

Markus beobachtet die ganze Szene mit einem amüsierten Gesichtsausdruck, während ich etwas verunsichert dastehe und meinen Blick zu Boden senke.

»Hast du auch noch ein drittes Glas dabei?«

Mister Zimmerservice nickt, fasst in die untere Ebene des Servicewagens und schenkt auch noch ein drittes Mal ein.

»Ist das alles? Darf ich Sie um eine Unterschrift bitten?«

Markus´ Augen leuchten als er die Quittung unterzeichnet, er wirft sein Sakko in die Ecke und wendet sich nochmal dem Hotelangestellten zu.»Hast Lust die Kleine mit mir gemeinsam ranzunehmen?«

Ich stehe immer noch wie angewurzelt da und bin mir nicht sicher ob ich richtig gehört habe. Und doch …

»Gerne. Hab ohnehin schon Feierabend. Stemple mich nur kurz aus, dann komm ich wieder.«

Der Angestellte verschwindet und ich bin immer noch fassungslos als Markus mich in den Arm nimmt und küsst.»Du Luder hast ihn ziemlich angemacht. Der hatte schon eine Latte bevor die Flasche offen war.«

»Also willst mich jetzt mit ihm gemeinsam durchknallen?«

Noch während ich ihm die Frage stelle, merke ich wie sich meine Vorfreude ins Unermessliche steigert.

»Wer hat dir erlaubt zu reden?«

Er reicht mir das Glas, streichelt mich, wir trinken, als es erneut an der Tür klopft.

»Ich will, dass du dich auf über den Tisch da drüben beugst. Du bleibst dort bis ich dir etwas anderes sage. Und ich will kein Wort mehr von dir hören, es sei denn ich frag dich etwas. Hast du das verstanden?«

»Ja.«

Er streichelt über meine Wange, sieht mir dabei tief in die Augen.

»Ja was, du Fickschlampe?« Sein Tonfall jagt mir einen eisigen Schauer über den Körper; beängstigend und dennoch so unfassbar erregend. Nichts bringt mich mehr in Fahrt als die Dominanz die er ausstrahlt. Bitte benutz mich. Tu mit mir was du willst. Mein Körper gehört dir. Wie ein Katalysator wirken meine eigenen Gedanken.

»Ja, mein Herr.«

»Braves Mädchen. Und jetzt ab mit dir.«

Breitbeinig beuge ich über den Besprechungstisch, verwundert darüber dass ich es noch nicht tropfen höre.

Ausgelassenes Lachen vernehmend, Schritte die immer näher kommen, jemand schlägt mir auf den präsentierten Arsch, in nie geahnte Höhen rauschender Herzschlag während ich Hände überall auf meinem Körper fühle.

»Sie ist wirklich geil.«

Auch wenn ich nicht sehen kann, wer von den Beiden meine Brüste umklammert, so weiß ich dennoch, dass es nicht Markus ist. Mein Kopf wird hochgezogen, ich öffne die Augen und sehe in ein Gesicht.

»Mach den Mund auf, und zeig mal was du kannst«

Gierig lecke ich über die gewaltige Schwanzspitze und sauge daran, immer heftiger stöhnt er auf und rammt mir seinen Prügel mitten ins Gesicht, während Nummer zwei sich seinen Weg in meinen Arsch bahnt. Ich versuche erst widerwillig auszuweichen, doch plötzlich hat er den Dreh raus und drückt mir sein Teil überaus angenehm in das enge Loch hinein.

Überwältigt von dem Gefühl zwei Schwänze auf einmal in mir zu haben, rase ich mit Lichtgeschwindigkeit Richtung Höhepunkt. Ich schreie wie am Spieß als es mir kommt, den Mund weit aufgerissen, ist es auch bei Markus soweit.

Er schießt mir die ganze Ladung tief in den Rachen und verbietet mir runterzuschlucken. Nummer zwei hämmert wie besessen in meinen Hintereingang, zieht ihn raus und stellt sich vor mich.

Sekunden später wichst auch er mir ins Gesicht und ich bekomm die zweite Dosis ab.

»So Baby, jetzt darfst du runterschlucken.«

Ich tue was mir gesagt wird und lasse mich auf den Boden fallen.

22.6.2015

Es muss eine wilde Nacht gewesen sein. Bin auf einer halbleergefressenen Schachtel mit Keksen und einem geschmolzenem Riegel Kinderschokolade neben dem Gesicht aufgewacht.

Die frische Packung mit Batterien liegt unangetastet auf dem Nachtisch.

Besuch hatte ich keinen, soweit ich mich erinnere. Es ist mir auch äußerst schleierhaft wie zum Henker ich überhaupt ins Bett gekommen bin, außerdem frag ich mich wieso meine Füße ununterbrochen zittern.

Der schnurrende Kater kann´s nicht sein, es fühlt sich nicht flauschig an. Wahrscheinlich ist es meine Mutter. Kurzer Blick unter die Decke und mein Verdacht bestätigt sich.

Millimeter neben meiner rechten Fußsohle liegt das Handy und vibriert so heftig, dass ich mich beinahe verliebe.

»Guten Morgen«, ich versuche so wach und nüchtern wie möglich zu klingen, auch wenn es mich alle Konzentration der Welt kostet, den Hubschrauber im Hirn und den Randalierer im Magen zu ignorieren.

»Was heißt guten Morgen? Es ist halb drei! Bist du jetzt erst aufgestanden? Was tust du in der Nacht? Nein! Ich will es überhaupt nicht wissen! Und warum hörst du dich an wie Bonnie Tyler?« Meine Mum klingt, als ob sie kurz vor einer Herzattacke stünde.

»Danke Mama, mir geht's gut. Und dir?«

»Das kann nicht so weitergehen, Kind! Du brauchst endlich einen Mann, einen Ernährer.«

Ich frag mich ob sie das wirklich ernst meint, auch wenn ich die Antwort insgeheim kenne.

»Mama, bitte. Ich hab so viel Zeug zu essen, dass ich damit ins Bett geh«, ich wische mir Schokoladenreste aus dem Gesicht und stecke mir einen der übrigen Vanillekipferl in den Mund.

»Das ist nicht lustig! Du musst dich zusammenreißen! Sonst wird dich nie einer heiraten und ich bekomm niemals Enkelkinder.«

»Mama, genau das ist ja mein Plan. Warum wegen einem Liter Milch gleich die ganze Kuh kaufen?«

Ich bereue den Satz noch ehe ich ihn fertig ausgesprochen habe.

»Kind! Das kann ja nicht dein Ernst sein! Irgendwann bist du alt und alleine, wenn du keine Familie gründen wirst«, der vorwurfsvolle Unterton in ihrer Stimme ist nicht zu überhören.

Ich bezweifle bei meinem Lebensstil überhaupt alt zu werden, behalte den Gedanken aber für mich.

»Ja Mama, du hast ja Recht. Ist sicher schön wenn man alt ist, die Kinder auf Besuch kommen, dich um Geld anschnorren, deinen Kühlschrank leerfressen, das ganze Bier wegsaufen, den Tank von deiner Karre leerfahren und dir die Dreckwäsche vor die Waschmaschine schmeißen.«

Sie seufzt laut und ich bin mir sicher, dass sie im Stillen ein Stoßgebet zum Himmel schickt.

»Du weißt ja gar nicht wie schön es ist Kinder zu haben!«

»So viel Glück halte ich gar nicht aus. Warum streichst du nicht einfach Phillip das Taschengeld?«

»Wieso?«

»Naja dann hat er kein Geld für Kondome und du kommst zu deinem Enkelkind«, ich stehe auf, um die Jalousie und das Fenster zu öffnen. Doch das Tageslicht gepaart mit der Frischluft haut mich beinahe um.

»Ich will nicht dass sich dein Bruder fortpflanzt. Erstens ist er erst siebzehn und zweitens ist er unmöglich. Er hat gestern zu mir gesagt, ich soll nett zu ihm sein, weil er einmal mein Altersheim aussuchen wird. Kannst du dir das vorstellen?«

»Aber das hab ich doch auch schon oft zu dir gesagt«, entgegne ich ihr gelassen, während ich unter dem Kopfkissen nach etwas Essbarem suche.

»Aber nicht an der vollen Kasse beim Lidl. Weißt du wie mich die Leute angeschaut haben?« Der aufgebrachte Tonfall erstaunt mich, meine Mutter ist wahrlich Schlimmeres von ihrer Brut gewöhnt.

Als sie letzte Woche mit ihrem hochgradig pubertierenden Sohn telefonierte und ihn fragte ob er denn schon im Bus wäre, war seine überaus schlagfertige Antwort:»Nein Mama, ich steige grad zu meinem Crackdealer ins Auto und hol ihm einen runter.«

Die anschließende Diskussion zum Thema»das Internet sei an allem Schuld«, ist mir immer noch sehr gut in Erinnerung.

Neben dem Bett steht ein volles Glas mit Orangensaft. Mein Mund ist völlig ausgetrocknet, ich leere ich es in einem Zug.

»Pfui Teufel da ist ja Wodka drinnen!«, schreie ich angewidert und muss würgen.

»Trinkst du etwa schon wieder, Kind?«

»Nein Mama, immer erst wenn´s dunkel ist.« Ich stehe wieder auf, schließe das Fenster und ziehe den Vorhang zu.

Mein Nacken ist völlig steif, ich frage mich wann ich meinen Kopf wieder bewegen kann. Wenn ein verspannter Arm vom Tennis – Tennisarm heißt, wie heißt dann ein kaputter Nacken den man sich beim Oralsex zugezogen hat? Blasknackwatschen? Schwanzlutschhexenschuss? Fellatiotraumata? Die Frage kommt ganz oben auf die»muss ich mal googeln«-Agenda.

Ganz langsam kehrt auch die Erinnerung an die vergangene Nacht wieder. In flüchtigen Fragmenten schleicht sie sich in das längst für tot erklärte Gedächtnis ein, um mich immer wieder eiskalt von hinten zu erwischen. Genauso wie der Kerl letzte Nacht. Also war doch jemand zu Besuch. Ich beschließe der Sache auf den Grund zu gehen und etwas gegen den beißenden Geschmack von abgestandenem Orangensaft mit Stolichnaya in meinem Mund zu machen.

Entschlossen wanke ich Richtung Küche, öffne die Tür, stolpere über ein leeres Sixpack und knalle beinahe auf einen kläffenden Zwergdackelminilabradudel. Oder so. Ich denke der Hund ist Epileptiker mit Tourettesyndrom: er zuckt, tanzt und kläfft wie verrückt. Ich hoffe das Mistvieh hat nichts von meinem südamerikanischen Multivitaminzeugs genommen und gleichzeitig gelange ich zu der Überzeugung, dass es doch nie zu früh für Alkohol ist.

»Kind, bitte sag, dass du dir keinen Hund gekauft hast«, dröhnt es aus meiner Hand. Erschrocken zucke ich zusammen, ich hatte bereits das Gespräch in meiner Rechten vergessen, als mich die Stimme aus dem Telefon wieder daran erinnert. Jessy Pinkman wirkt gegen mich wie die Biene Maja auf Baldriantropfen.

»Mama sei froh, es ist zumindest kein Tiger im Badezimmer eingeschlossen.« Mit einem kurzen Blick ums Eck versichere ich mich, dass dort wirklich keiner ist.

»Wie meinst du das? Was redest du für ein wirres Zeug? Und wessen Hund ist das?« Sie klingt zunehmend verzweifelter.

Auf der Kommode im Vorraum liegt ein Döner, von dem schon jemand abgebissen hat. Pfui Teufel, denke ich mir, werfe das fettige Teil in Richtung des Kläffers und treffe ihn voll am Kopf. Das wie gesprengt aussehende Fleisch fliegt ihm um die braunen Schlappohren, er schüttelt den Kopf, weiße Soßenspritzer rauschen wie Sternschnuppen durch den Flur. Die Holztür hinter dem dicken Raubtier, das leichte Ähnlichkeit mit Cindy von Marzahn hat, sieht plötzlich aus wie die benutzte Kulisse eines Gangbang-Pornodrehs.

Die überraschte Leberwurst auf vier Beinen blickt mich verstört durch die mit Salat verhangenen Augen hindurch an, zumindest ist jetzt Ruhe. Anstatt weiterhin Alarm zu schlagen, leckt der Köter jetzt den ebenso gesprenkelten Fußboden.

»Mach dir keine Sorgen Mama. Der gehört nicht mir, sondern meinem Besuch.« Der große, südländisch aussehende Kerl der komatös auf der Couch liegt, erscheint mir die plausibelste Antwort auf beinahe alles zu sein. Ganz egal was passiert ist – es war immer der Neger.

»Welcher Besuch denn?«

»Mama, ich muss jetzt wirklich aufhören, sollte mich fertig zum Arbeiten machen.« Neugierig schleiche ich um den Unbekannten in meinem Wohnzimmer herum.

»Du hast doch gar keine Arbeit? Also, wer ist auf Besuch?« Meine Mutter hat ihre Fassung schnell wiedergefunden und fordert eine Erklärung. Der unbekannte Mittzwanziger zieht sich die Decke über den Kopf, als er meine Stimme hört.

»Mama, es ist ein wildfremder Ausländer, der nackt auf meiner Couch liegt und ganz sicher mit Drogen dealt.« Ich gebe mein Bestes um nicht allzu sarkastisch zu klingen. Woher weiß die Frau eigentlich, dass ich arbeitslos bin?

»Du hast den gleichen Humor wie dein Vater, Kind. «

»Was heißt hier Humor? Das ist mein Ernst. Und vermutlich bin ich schwanger von ihm, also kommst auch du zu deinem Enkelkind. Wird halt eine sehr gesunde Farbe haben.«

Ich hoffe nicht allzu rassistisch zu klingen, als ich den halb abgebrannten Joint im Aschenbecher entdecke, den ich mir Sekunden später anzünde.

Durch das auf Lautsprecher geschaltete Handy höre ich sie in einem Lachkrampf versinken. Schön wenn die Wahrheit so amüsant ist.

Drei tiefe Atemzüge später sacke ich tiefenentspannt neben den warmen Körper der regungslos daliegt, ich blase etwas des süßlichen Rauchs in seine Richtung.

Der Schwall des Nebels legt sich wie ein Schleier um sein Gesicht. Plötzlich bewegt sich da was, er zieht sich die Decke bis unter die Nase und schlägt die riesigen Augen für einen kurzen Moment auf. Schwärzer als die Farbe selbst.

»Mama ich muss jetzt echt aufhören.« Ich packe das Leopardenfell-Imitat und reiße es nach unten. Beim Anblick des Körpers, der sich die ganze Zeit dahinter versteckt hat, bin ich atemlos – ganz ohne Helene F. oder die Kinder vom»Bahnhofsklo«.

Der unbekannte Nackte schläft inzwischen wieder ungerührt weiter. Dann wollen wir mal sehen wie lange.

»Kind, bitte. Ich hab gerade zum Fenster rausgeschaut, wieso steht dein Auto bei mir auf dem Parkplatz? Du bist doch schon seit Wochen nicht mehr hier gewesen. Und wer ist bei dir zu Besuch?«

Sie hätte mich genauso gut nach dem Sinn des Lebens oder der Quadratwurzel aus 104 976 fragen können.

»Mama, weißt du eigentlich was deine andere Tochter geplant hat?«

Meine Finger umkreisen schwarze Nippel, wandern dann über seinen Bauchnabel nach unten, um schließlich über den steinhart gewordenen Schwanz zu zeichnen. Scheinbar reagiert er trotz Tiefschlaf recht intensiv auf meine Bemühungen. Hoffentlich ist er nicht der einzige den ich manipulieren kann.

»Nein, ich habe keine Ahnung. Wovon redest du?«

Jackpot, der Köder ist geschluckt, und ich bin die Königin der Ablenkungsmanöver.

»Sie will sich die Augen operieren lassen, damit sie keine Brille mehr braucht.«

Am liebsten würde ich das schwarze Prachtexemplar, dass vor mir liegt besteigen, sein Riesending in den Mund nehmen und solange lutschen bis er heftiger explodiert als der Sprengstoffgürtel eines Dschihadisten.

»Das ist doch nicht weiter schlimm? Ich hab schon mit ihr darüber geredet, die Operation ist ein unkomplizierter Eingriff, hat sie gemeint.« Die entspannte Antwort hab ich erwartet, es wird Zeit das Ass im Ärmel auszuspielen.

»Ja, Mama. In Österreich vielleicht. Das kostet aber eine schöne Stange Geld, und du kennst ja unseren Sparefroh.«

»Ich versteh nicht. Wo will sie sich denn operieren lassen?«

»Mama, bitte setz dich.«

»Slowenien? Du musst ihr das ausreden! Cevapcici und Calamari ja, aber bitte wer lässt sich dort die Augen richten? «

»Nein nicht Slowenien, Mama. Schlimmer …«

»Bitte sag mir endlich wo sie sich operieren lässt!« Die Anspannung ist kaum zu überhören, wie auch?

»In Istanbul.«

Hoffentlich hab ich sie nicht umgebracht.

»Mama?«

Nichts, auch wenn ich ganz genau hinhöre und die Luft anhalte, die Leitung ist tot. Verdammt, das dürfte wirklich gesessen haben. Ich nehme an, dass sie dabei ist, sämtliche Fenster im Haus zu putzen, dass helfe ihr gegen Stress hab ich mir als Kind mal sagen lassen. Wir hatten immer die saubersten Scheiben der ganzen Straße, mehr als einmal ist ein Besucher gegen die gläserne Terassentür gelaufen weil sie so sauber war, dass man denken konnte da wäre nichts. Die Nachbarn dachten alle der Kerl aus der Glaserei wäre mein Vater, sooft wie er bei uns war um die permanenten Schäden zu begutachten und zu reparieren.

Der mit einem Satz aufs Sofa springende Hund schreckt mich aus meinem Tagtraum auf und ich frage mich, ob ich zu weit gegangen bin. Beim zweiten Rückrufversuch geht sie endlich ran.

»Ich kann jetzt nicht weitertelefonieren. Ich muss die Fenster putzen«, versucht sie mich abzuwimmeln.

»Ist doch alles halb so schlimm, sei froh dass sie sich nicht in einem Dönerstand operieren lässt.«

Den Lachkrampf zu unterdrücken kostet mehr Anstrengung als den nackten Mann vor mir nicht anzufassen.

»Das ist nicht lustig! Weißt du wie es dort unten zugeht? Deine Tante war vorigen Monat auf Urlaub dort und hat sich das Bein gebrochen. Weißt du wer sie behandelt hat?«

»Mama, bitte keine schweren Fragen.«

»Die Putzfrau! Die hat zuvor das Klo sauber gemacht, sich den Arbeitsmantel ausgezogen, ein Stethoskop umgehängt und schwuppdiwupp war es auf einmal die Ärztin.«

Die staubtrockene Antwort haut mich beinahe um und ich lache so laut auf, dass sowohl das dicke Vieh als auch der afroamerikanische Kerl völlig desorientiert und erschrocken in meine Richtung schauen. Unwissend wen von den dreien ich zuerst beruhigen soll, versuche ich erst das Telefonat zu beenden.

»Mama, ich werde es ihr ausreden. Versprochen.«

»Bitte tu das! Sonst kommt sie blind und dafür mit einer Brustvergrößerung nach Hause.«

»Falls sie den Weg zurück noch findet«, die gespielte Ernsthaftigkeit überrascht sogar mich.

»Kind, sind denn deine Fenster alle sauber?«

»Ja, Mutter. Ich muss jetzt aufhören, in Ordnung?«

»Bis bald. Melde dich falls hungrig bist. Ciao.«

Das war beinahe schon zu einfach, denke ich, ziehe mir dabei das Shirt aus, werfe es auf den dümmlich dreinschauenden Wackeldackel und setze mich auf den Typ.

»Ya Man. You´re so beautyful Baby!«

Ich lächle ihn an und bin mir sicher, dass es ein wilder Tag wird.

1·7·2015

Wir torkeln durch die Straßen der großen Stadt, tanzen, singen, philosophieren über das Leben, trinken den dreihundertsten Drink.

Befreit und ungehemmt, losgelöst und selbstzufrieden genießen wir das Bad in der Menge; die Anonymität verleitet zu manch Irrsinn.

Kärnten is lei ans. Aber: Wien ist anders.

Ich hab die Mädels längst nach Hause begleitet, doch ich bin noch nicht soweit, ziehe alleine weiter um die Häuser. Ich will doch noch nicht schlafen. Nur ficken. Das wär schön.

Kaum hundert Meter weiter stoppt der erste Kerl:»Du bist wunderschön und ich würde dich gerne kennenlernen«, standardisiert scheint die Anmache. Nein danke.

»Sorry, aber mein Freund mag das nicht so.«

Er lächelt und tanzt in die Nacht davon. So wie ich.

An der Kreuzung steht ein Kerl und telefoniert. Werfe ihm den versautesten Blick zu, den ich im Repertoire hab. Bingo. Er steckt sein Handy in die Hosentasche und läuft hinter mir her.

Ich drehe mich um, schaue in seine Augen und gehe im Rückwärtsgang weiter, er lässt mich keinen einzigen Moment aus seinem Fokus. Verstört lassen mich seine musternden Blicke zurück, als ich abbiege, um die Straßenseite zu wechseln.

Irgendwo da vorne müsste ein Innenhof sein, ein Königreich für einen ungestörten Fleck in diesem gottverlassenen Bezirk.

Bingo, Volltreffer.

Die Straße läuft immer schmaler in die Seitengasse um schließlich eine Etage tiefer in die Einfahrt einer Tiefgarage zu münden. Rechts und links davon verläuft ein metallenes Geländer. Ich stütze meinen Oberkörper darauf, ziehe meinen Slip aus – und den Rock über die Hüften während ich mich über die Brüstung beuge.

Ich höre Schritte die immer näher kommen, immer schneller, immer lauter. Dann fühle ich starke Hände an meinen Hüften, Hände die das Kleid über meinen Kopf ziehen. Hände die meine Titten fest anfassen, Hände die meinen Arsch in die Luft heben und mich danach auf einen riesigen Schwanz setzen. Hände die auf meinen Mund gedrückt werden, während ich zu schreien versuche. Hände, die meine Haare packen, Hände, die mich züchtigen. Hände, die mich streicheln, mich in den Arm nehmen und Hände die mich fordern.

Ein Auto biegt in die schmale Seitengasse ein, fährt neben uns vorbei, während mich der Unbekannte von hinten durchfickt. Über uns geht ein Fenster auf, trotz aller Beherrschung muss ich plötzlich wie verrückt losschreien, als es mir kommt. Ich zittere, zucke, versuche mich umzudrehen um die Arme um ihn zu schlingen.

Unbeirrt rammelt er mich weiter, gibt mir keine Gelegenheit zu verschnaufen, vögelt mir den letzten Rest an Verstand aus dem Kopf. Ruckartig zieht er seinen Schwanz fast ganz aus mir raus, hält kurz inne um ihn mir Sekunden drauf bis zum Anschlag in die mittlerweile wundgevögelte Möse zu befördern.

Ich stöhne laut auf, kann spüren wie es ihm zeitgleich mit mir kommt, drücke ihn aus mir hinaus, drehe mich um und küsse ihn.

»Geil war´s. Gute Nacht.«

Ich lächle ihn ein letztes Mal an, ziehe meinen Slip wieder hoch und verschwinde mit einem Lächeln auf den Lippen zurück nach Wien bei Nacht.

10.7.2015

Was wäre wenn?

Ich hasse die Frage an sich. Wenn meine Tante einen Penis hätte, wäre sie mein Onkel. Hat sie aber nicht. Vermutlich. Also was soll die Scheiße?

Doch der Typ, der mit achtunddreißig Euro pro Stunde weniger bekommt als ein ungelernter Möbelmonteur vom Ikea hat gesagt ich soll darüber nachdenken. Bis nächsten Dienstag um sechzehn Uhr.

Und er lasse die Antwort»Dann wär's halt ein anderer Idiot geworden«, nicht gelten.

Er wird schon wissen was er da von mir verlangt, immerhin hat er eine Matura. Und vermutlich ein abgeschlossenes Studium.

Immer und immer wieder rauscht der Satz durch meinen Kopf, nichts anderes als riesengroße Fragezeichen und erdrückende Leere hinterlassend, kurz davor mir das taub gewordene Herz zu zerreißen. Doch je länger es da oben rattert umso mehr gewinnt eine gewisse»Jetzt geht's los«- Stimmung die Oberhand in dem Chaos, plötzlich scheint das Lächeln nicht mehr aufgesetzt und längst verloren geglaubter Glanz kehrt zurück, in die vor Trauer farblos gewordenen Augen.

Könnt aber auch an dem großartigen Sex von vergangener Nacht liegen.

Auf das längst fällige Erwachen des Kampfgeists wartend, denk ich die Frage zu Ende.

Was wäre wenn ich dich nie getroffen hätte?

Mein allerliebster Körperteil würde nicht glühen, wenn ich»Jubel« von Klingande hören würde und ich hätte niemals erfahren, wie es sich anfühlt nur ein verschissener Plan B zu sein.

Die Kraft die Beziehung zu beenden, in der ich damals war, hätte ich nicht aufgebracht, wären da nicht die Schmetterlinge im Bauch gewesen, für die du verantwortlich warst.

Du hast ein Gefühl grenzenloser Begierde in mir ausgelöst und warst gleichzeitig nie da, wenn ich dich gebraucht hab. Jedes Wochenende bist zu ihr gefahren und du hast wirklich gedacht ich würde zuhause warten bis du wiederkommst?

Hättest du mich nicht permanent übers Telefon so aufgeheizt, wären einige meiner bisherigen besten sexuellen Begegnungen nicht zustande gekommen. Und dafür bin ich dir unendlich dankbar.

Und dafür, dass meine Augen und meine Aura gestrahlt haben, jeden in meinem Umfeld ansteckend, war ich in dieser Zeit so glücklich wie selten zuvor.

Eine Ahnung davon bekommend was Vollkommenheit bedeutet, bin ich durchs Leben getanzt als ob es kein Morgen geben würde, ohne auch nur den Hauch einer Selbstzerstörungstendenz.

Die kam erst später …

Danke. Ich war wirklich glücklich. Waren schöne zwei Wochen.

Ohne dich hätte ich nie erfahren wie sich Ungewissheit anfühlt, das beklemmende Gefühl wenn man weiß, dass der Mensch den man liebt bei einer anderen im Bett liegt und am nächsten Morgen mit ihr zusammen aufsteht.

Ohne dich würde ich nicht wissen wie es ist, gegen krankhafte Eifersucht anzukämpfen und ich meine damit nicht meine eigene.

Du hast mich vier Monate alleine gelassen, genau in der Zeit, in der ich nichts dringender gebraucht hätte, als eine Schulter zum Anlehnen. Jemand der mich in den Arm nimmt und mir irgendeine abgedroschene Floskel ins Ohr flüstert: «Das wird schon wieder werden.«

Wenn du nicht gewesen wärst, würd ich bis heut nicht wissen wie schön sich Heilig Abend anfühlt ... Völlig alleine, mit der Gewissheit, dass der Kerl den man liebt bei einer andern ist.

Auf der Suche nach etwas Schmerzstillendem bin ich über einen guten, alten Bekannten gestoßen, von dem ich dachte dass er längst passe´ sei ...

Der Cocktail aus Einsamkeit und Verzweiflung drückt mich Richtung Gleichgültigkeit, Hass und Kälte.

Und das weiße Pulver aus Lateinamerika drückt mir die Pupillen aus den Augen und das Blut aus der Nase. Immerhin bist du mir in dem Zustand scheißegal. Keine Liebe. Keine Hoffnung. Keine Illusion.

Alles was ich will ist mehr. Mehr davon.

Die Angst dich für immer zu verlieren, lähmt mein Handeln, lähmt meinen Geist, lähmt meinen Instinkt, unfähig zu auch nur einer banalen Entscheidung treibt der letzte Rest an Vernunft ziellos in einem Vakuum an undefinierbaren Emotionen dahin.

Ich bin verloren ohne dich.

12.7.2015

Bin zum Babysitten verdonnert worden, wobei das Baby mittlerweile 17 und mitten in der Pubertät ist. Mein Bruder und sein gleichaltriger, mindestens genauso groß und altersentsprechend genauso bescheuerter Freund Dennis, wollen bei der Affenhitze natürlich zum See.

Großartig.

Und ich will dreißigtausend Euro, einen Ford Mustang Shelby GT sowie einen dreiundzwanzigjährigen, gut gebauten, äußerst potenten Brasilianer. Aber wer fragt mich schon? Wunderbar so ein Ufer, vollgestopft mit laut grölenden, vor sich hin schwitzenden, versifften und angesoffenem Pöbel. Nicht das ich ungern am Wasser wäre, aber das Publikum auf diesem Strand ist die Steigerung vom Kaisermühlenblues. In der Balkan-Version. Ich wundere mich, wieso eigentlich noch niemand offenes Feuer gemacht und ein Spanferkel darüber gehängt hat.

Doch noch bevor ich die Frage laut stelle, denke ich mir es wäre besser die Klappe zu halten, ehe noch einer den Gedanken in die Tat umsetzt.

Keine drei Sekunden nachdem wir uns mittendrin statt nur dabei die Handtücher aufgebreitet haben, dringt die spannende Geräuschkulisse die uns umgibt bis in mein Bewusstsein

»Ey, isch figg deine Mudda du Hurensohn«, die Meldung aus dem Mund einer von mir auf zwölf Jahren geschätzten kleinen Dunkelhaarigen zaubert mir ein entspanntes Grinsen auf die Lippen.

Lautes Gelächter auch von Seiten meiner zwei Riesenbabys, die mich mit ihrem Gelaber über Bushido und die Titten einer gewissen Jaqueline beinahe in den Wahnsinn treiben. Ich frage mich ob ich in dem Alter genauso viel Mist verzapft habe, stehe auf und streife mir das Strandkleid über den Kopf.

Plötzlich ist es still.

»Maja, die schauen dich alle an …«

Ich habe die ungeteilte Aufmerksamkeit meines Bruders und scheinbar auch die von circa hundertfünfzig anderen Badegästen.

»Scheiß dich nicht an, Phillip.«

Gott, wie schön ist diese herrliche Ruhe.

Ich genieße die Blicke noch einen Moment, bevor ich mir zumindest ein Bikiniunterteil anziehe, mich wieder in die Waagrechte begebe und meine Brüste in die Sonne lege.

Dennis schaut mich verstohlen an.»Hattest du nicht mal ein Bauchnabelpiercing?«

Bemerkenswerte Beobachtungsgabe der Junge.

»Ja das hab ich nur tiefergelegt.«

Die Farbe seines Kopfs lässt auf einen Sonnenstich schließen, als ich den Satz zu Ende gesprochen habe.

Es hat funktioniert und die Beiden verschwinden Richtung Strandbar. Gut so. Endlich Ruhe. Ich liebe es, wenn ein Plan funktioniert. Gelassen döse ich vor mich hin, werfe ab und zu einen Blick rund um mich herum, versichere mich, dass die Dumpfbacken okay sind und checke die Umgebung nach etwas Abendunterhaltung ab.

Tatsächlich kreuzt ein junger Mann meinen Fokus, Prädikat »äußerst fickbar«. Das schwarzäugige Muskelpaket mit kurzen Haaren und sonnengebräunter Haut lässt mich und meinen Fortpflanzungstrieb aus der Siesta erwachen. Für den Bruchteil einer Sekunde kreuzen sich unsere Blicke, starten den Turbo und ich weiß nicht mehr ob ich so heiß wegen des Wetters oder des Kerls bin.

Ebenso schnell wie mein Kopfkino angeht ist er leider schon wieder aus der Bildfläche verschwunden. Mist.

Stunden später hab ich die Hoffnung auf ein Wiedersehen mit ihm bereits aufgegeben und wir beschließen den Heimweg anzutreten.

Wie aus dem Nichts steht er plötzlich vor mir:»Gehste etwa schon?«

Völlig perplex kann ich nicht aufhören ihn anzustarren.»Ja, ich muss mal die zwei Jungs nach Hause bringen.«

»Aha. Und was machen wir zwei dann später noch?«

Da wird mir bestimmt noch was einfallen, denke ich mir, drücke ihm einen Zettel in die Hand, auf dem meine Nummer gekritzelt ist und liefere Phillip und Dennis wieder bei deren Erzeugern ab. Wie schön sind Kinder, wenn man sie wieder zurück an den Absender schicken kann. Herrlich.

Ich stehe am Balkon meiner Wohnung, blase süßen Rauch in den sternenklaren Himmel und im gleichen Augenblick in dem ich mich frage wie libanesisch geht, piepst mein Handy.

»Sehen wir uns noch?«

Gutes Timing, Baby.

»Ja klar. Magst zu mir kommen?«

Zehn Minuten darauf öffne ich ihm splitterfasernackt die Türe, und Mister Libanon scheint sichtlich verwirrt.

»Willste vorher nicht ein bissl reden?« Irritiert kann er dennoch seine Augen nicht von mir lassen.

»Nein, ich will ficken. Nicht reden.«

Als ob sämtliche seiner Synapsen auf Standbild eingestellt wäre, bewegt er sich keinen Millimeter. Für eine gefühlte Ewigkeit scheint die Szene eingefroren. Wie aus dem Nichts schüttelt er seinen Kopf, fasst mir an die Brüste und küsst mich.»Wo ist denn hier das Schlafzimmer?«

Juhu, Schockstarre überwunden. Ich küsse ihn zurück, seine Zunge ist richtig talentiert und ich frag mich ob er wohl überall so heiß schmeckt. Meine Hände wandern tiefer, genauso wie auch mein Kopf, vorsichtig streife ich seine Shorts nach unten und sauge den irrsinnig-machenden Geruch seines großartigen Körpers ein.

Den und seinen Ständer, so tief wie möglich. Unerwartet heftig hält er auf einmal meine Arme fest, zieht seinen zugegebenermaßen winzigen Schwanz aus meinem Mund, schreit einmal laut auf und spritzt mir mitten ins Gesicht.

Nach nicht mal dreißig Sekunden.

Ich bin scheinbar im falschen Film. Mister Lover-Lover-Libanon du kleiner Schnellspritzer. Benommen sinkt er aufs Bett und flüstert irgendwas wie:»Du bist so geil«

Das ist echt sein Ernst. Der ist fix und fertig. Ich wische mir mit seiner Boxershort das klebrige Zeug von den Augen.

Ein kurzer Griff in die Schublade des Nachtkästchens und mein bester Freund aus Plastik eilt mir zur Hilfe. Während mein Date immer noch nach Luft röchelt, stelle ich mich neben ihn ans Bett, einen Fuß auf den schwarzen Metallrahmen der Rammelkiste gelehnt.

Dann stecke ich mir den roten Vibrator erst in den Mund, dann ganz langsam in meine längst überfällige Fotze, die ihr Abendessen mit schmatzenden Geräuschen verschlingt. Und wieder ausspuckt. Und wieder verschlingt.

Die Augen meines immer noch leicht lädierten Fickers werden immer größer, seine Hände wandern zum Kunststoffkonkurrenten, er nimmt ihn mir weg und macht mit Händen und Zunge dort weiter wo Mister Fridolin aufgehört hat.

Er steckt mir zwei Finger in den Arsch während seine Zungenspitze Tango am Gipfel meiner geilsten Stelle tanzt. Er leckt mich bis zur Besinnungslosigkeit, bis ich zucke, stöhne und schreie.

Vollkommen tiefenentspannt kuschle ich mich in seine Arme, wir rauchen den Ofen fertig, der im Aschenbecher gelegen hat.

»Babe, es ist voll scheiße.« Sein Gesichtsausdruck lässt eine ernste Ansprache erwarten, gespannt warte ich auf seine Fortsetzung.

»Warum? Was meinste denn?«

»Weiste meine Eltern sind strenge Moslems, wenn die wissen, dass ich mich mit dir treffe, bringe ich Schande über meine Familie.«

Sein Dackelblick könnte glatt jemand umhauen. Jemand anderen. Ich pruste laut los und kann mich vor Lachen kaum halten.

»Schnucki, ich wollt dich nur ficken. Und jetzt schmeiß ich dich raus. Muss morgen früh aufstehen.«

Humor ist nicht so das Ding vom Libanon.

16.7.2015

Jeder einzelne der Wartenden ist ein Scheiß-Junkie. Man sieht es nicht an den Klamotten; aber an ihren Augen. Das ganze Gehabe dieser Typen verrät sie. Ich kann nicht sagen was genau es ist; doch brauche ich nicht länger als einige Minuten, um zu merken, wer zu der Fraktion der Süchtigen gehört, ohne mit ihm oder ihr gesprochen zu haben. Gott, wie ich diese Loser hasse.

Hashtag Scheißjunkie

Was zum Teufel tu ich hier eigentlich?

Ich gehöre doch gar nicht hier her. Ich bin keine von denen. Junkies laufen keine Marathons. Punkt.

Noch bevor das Gedankenkarussell Amok läuft, wird mein Name aufgerufen, zögernd suche ich mir den Weg in die Praxis.

Der Raum ist so unglaublich eng, mir kommt es vor, als würden die Wände immer näher kommen.

Hashtag Paranoia.

Ich kralle meine Fingernägel fest in die Oberschenkel, unfassbar dass kein Blut tropft. Die einzige Flüssigkeit die ununterbrochen läuft ist die zwischen den Beinen. Ein Königreich für einen Fick.

Hashtag Nymphomanin.

»Wir haben uns das letzte Mal vor drei Monaten gesehen.«

Während seiner Feststellung schwankt der Blick des Arztes vom Bildschirm des Rechners zu mir, fixiert mich für einen Moment, um sich kurz darauf wieder der virtuellen Welt zuzuwenden.

Hashtag Psychiater.

Hashtag busy.

Heftiges Türklopfen lässt mich zucken, eine rothaarige Sprechstundenhilfe kommt herein und bittet den Doc um eine Unterschrift wegen eines Rezeptes. Es geht wohl um den Methadon-Nachschub für einen Patienten.

Verfluchte Opiatabhängige. Die haben zumindest Substitutionstherapie. Pisser. Als wären die die einzigen die wüssten was»craving« bedeutet.

Als Kokserin musste ohne Ersatz aufhören, gibt ja keinen.

Würd ich aber auch nicht in Anspruch nehmen wenn´s so wäre. Wenn schon kämpfen, dann ohne Wenn und Aber; ich bin stark genug um den Mist auch ohne chemische Unterstützung auf die Reihe zu kriegen.

Kaum hat er die Unterschrift auf das Rezept gekritzelt, marschiert Frau Misses Ordinationsprinzessin wieder raus und lässt uns in der trauten Zweisamkeit zurück.

Wir reden über Gott und die Welt, doch dieses Mal ist alles anders als beim letzten Mal; anstatt paranoider Verschwörungstheorien hinterfrage ich alles.

Hashtag Nüchterninderdrogenberatung.

»Wir sollten über Medikation sprechen.« Der Unterton in seiner Stimme klingt überzeugender als der eines Vorwerk-Staubsaugervertreters, für den Bruchteil einer Sekunde schenke ich ihm Glauben.

Er labert mich beinahe zu Tode, was ich nicht alles an Tabletten brauchen würde, um zu funktionieren. Lithium, Antidepressiva, Antiepileptische Kacke.

Klar, ganz wichtig, dass die Pharmaindustrie überlebt. Was zum Teufel mach ich eigentlich hier?

»Ich brauch keine Pillen, ich schaff das auch so.«

Wenn Blicke töten könnten, würde Mister Freud längst bewegungsunfähig auf dem Fußboden liegen. Ich müsste stimmungsstabilisierendes Zeug schlucken, um meinen Dachschaden unter Kontrolle zu bekommen. So ein Mist, alles was ich brauche ist jeden Tag anständig gefickt zu werden.

»Ich will keine Psychopharmaka fressen. Gibt's keine pflanzliche Alternative zu den Pharma-Bomben? Was ist mit Johanniskraut?«

Ungläubig schaut mich Mister Psychiater durch die trüben Lichter an.

Hashtag MisterFreud

»Das bekämpft nur ihre Depression, die Manie würde bleiben, sich womöglich sogar verstärken.«

Ich überlege kurz, komme zu dem Entschluss, keine Ahnung von seinen Bedenken zu haben:»Ja, aber die ist doch eh immer so lustig.«

Unsicher ob er einen Lachkrampf unterdrückt, oder mir auf die Brüste starrt, beobachte ich seine Mimik ganz genau und beschließe ihn beim nächsten Termin ein T-Shirt mit dem Aufdruck»overworked and underfucked« zu schenken.

»Lustig schon, aber leider auch gefährlich. In einer manischen Phase neigen Patienten dazu unkontrolliert Geld auszugeben und wahllose sexuelle Begegnungen einzugehen.«

Hashtag bipolarkannganzlustigsein

Seine Miene wird augenblicklich so ernst, als ob er mir den nahenden Tod verkünden müsste; warum zum Teufel haben die alle einen Stock im Arsch?

»Ja, das meine ich ja mit lustig.«

Der Psychofuzzie beißt sich auf die Lippen, starrt mir wieder knapp zwanzig Zentimeter unter die Augen, und ich frage mich wer von uns beiden dringender Tabletten braucht.

»Sie können ruhig lachen, ich hab da kein Problem damit«, meine Aufforderung wirkt, denn plötzlich huscht ein Grinsen über sein Gesicht.

»Hören Sie, ich kann niemanden dazu zwingen, Medikamente einzunehmen. Das ist ganz alleine Ihre Entscheidung.«

Alles was ich von Zeit zu Zeit brauchen könnte wäre ein Anti-Aphrodisiakum, aber dazu reicht eigentlich auch Helene Fischer, also verkneif ich mir die Frage, stehe auf und verabschiede mich.

»Vielen Dank, aber ich glaub ich bleib so scheiße wie ich bin.«

Hashtag ohnenormal

17.7.2015

Ich schau benommen auf den Bildschirm. Nicht etwa weil ich einen kreativen Schub erwarte, der durch multitoxische Lebensführung bedingt ist; nein, mein Psychiater hat mir dazu geraten.

Ich frag mich, ob der kifft. Oder säuft. Oder einfach nach dem Wichsen kaltes Wasser getrunken hat. Und eventuell danach auch noch mit dem Kopf irgendwo aufgeschlagen ist.

Was soll denn das für eine Hilfe sein?

Haben die früher nicht mal lustige Pillen verschrieben? Nix da, heute sollst du Tagebuch schreiben. Schau´n ´ma mal, ob das so knallt wie die Diazepam-gefärbte Alternative.

Wertes Tagebuch, Lieber Herr Doktor Freud,

Vielen Dank für ihre Anteilnahme, wer zum Teufel hat das mit Ihren Haaren verbrochen, Herr Doktor? Das Mastvieh sollte man wirklich einsperren. Wie fühlt sich eigentlich ihre Frau dabei, wenn sie Nacht für Nacht unter einem alten Mann mit asymmetrischem Pagenschnitt einschläft, und morgens darauf neben einem Hippie erwacht, der aussieht als hätte er ein explodiertes Vogelnest auf'm Hirnkastel?

Aber gut, sie haben Recht – Ihre Federpracht geht mich eigentlich nix an und hat nichts mit mir zu tun, auch wenn ihre Gattin höchstwahrscheinlich durch die Hölle geht.

Ich will ja nicht ihr Nacht- sondern mein Tagesleben festhalten.

Also dann … Den ersten Schock des Tages (nachdem ich an Ihren Anblick dachte) bekam ich dreißig Hundertstel nachdem ich früh morgens die Augen aufgemacht habe.

Das ganze Bett war mit roten Flecken übersäht, als hätten Satanisten in der Nacht ein Huhn geschlachtet. Direkt über meiner komatös träumenden Wenigkeit. So sehr ich mich auch anstrenge, ich entdecke auf den ersten Blick mal nix, dass wie ein toter Vogel aussieht, dem man den Kopf abgebissen hat. Welcher scheißverfickte Idiot hat mein Bett vollgeblutet?

Ich richte mich mit der Dynamik einer querschnittsgelähmten Gehirntoten auf, um die Lage zu sondieren und den Bluter zu erwischen.

Jippieeyyeah, der Kreislauf ist noch mitten im Reinkarnationsvorgang, strauchelt, steckt fest und noch ehe ich»verdammte Kacke woher kommst du denn?« denken kann, tanzt der Magen Cha-cha-cha und ich kotze auf den Flokati.

Schön, dass ich nicht die Katze erwischt habe. Immer positiv denken. Laut»Miau« schreien und das Viech auslachen, weil es sich erschreckt. Mich kurz überlegen fühlen. Solange, bis ich sie dabei beobachte wie sich selbst lecken. Gott, wie viel Probleme weniger hätten wir, wenn die menschliche Rasse mit demselben Potenzial gesegnet wäre???

Gibt's dazu Versuche, wissenschaftliche Untersuchungen?

Sollte jemand dazu noch Probanden suchen - ich stelle mich sofort in den Dienst der Wissenschaft!

Nachdem mein innerer Monolog zu dem Thema weitgehendst verstummt war, bemerkte ich wie sich langsam aber sicher der Wunsch nach körperlicher Vereinigung aufbaute. Kurz: ich war geil. Masturbieren war allerdings keine Option, da ich mich immer noch im selben Raum befand wie mein Haustier. Und mich dabei von einem artfremden Wesen beobachten zu lassen, überschreitet auch in meiner Welt die Grenze zur Perversion.

Jetzt haben´s aber zu schlucken, Herr Psychiater, was?

Wie heißt das denn, wenn man sich dabei von einem Vierbeiner beobachten lässt? Zoophile Masturbation?

Wie auch immer. Ich habe dann eh nicht gewichst, sondern mich gefragt woher jetzt die Sauerei in meinem Bett kommt. Die

Frage hab ich mir bis dato immer in einem ganz anderen Kontext gestellt, zumeist hab ich mich gefragt, woher das Schwein in meinem Bett stamme.

Ich lege meinen Kopf tiefer, um unter das Bett zu sehen, doch auch dort finde ich nichts, dass blutet. Keine Tiere, keine Kerle, keine Außerirdischen. Keine Kirschen. Keine Ob's.

»Wollt ihr mich verarschen, oder was zur Hölle ist hier los?« Kurz brüllen, Druck abbauen, Kater läuft um sein Leben, ich fühl mich klasse!

Pieep ... Pieeeeep ... Pieeeeeeeeeeeeeeeeppppppppppppppp...

Ruckartig erinnere ich mich an den Grund, weshalb ich den Wecker gestellt habe, kämpfe mich tapfer in die Senkrechte, stoße mit dem Ellenbogen an eine leeren Flasche, die laut scheppernd der Gravitation nachgibt und eine neue Farbnuance auf dem Bodenfell hinterlässt.

Fuck. Die roten Flecken.»Merlot« du beknackte Dreckshure.

Zwei leere Gläser auf der Kommode setzten die Erinnerung in Gang. Ach ja, jetzt wird mir auch wieder klar, wieso mein tiefstes Innerstes wie Feuer brennt. Da war wohl Mister Mombassa auf Besuch.

22.7.2015

Die Hitzewelle in diesem Sommer hält an, ich bin auf dem Heimweg von einer Verabredung und die verdammte Klimaanlage hat sich soeben verabschiedet. Als ob ich durch die letzten zwei Stunden Sportficken nicht ohnehin schon aufgeheizt genug wäre.

Der Nachmittag mit Mario war schön, er hat mich anständig rangenommen und doch war es nur ein Tropfen auf dem heißen Stein. Zwischen meinen Schenkeln wird es schon wieder klitschnass, weniger wegen der defekten Aircondition als mehr wegen meiner unersättlichen Lust.

Ich nutze die Kaffeepause um in der Werkstatt anzurufen, nicht ganz ohne Hintergedanken.

»Hi Mo. Hast du morgen mal Zeit, meine Klima hat den Geist aufgegeben.«

»Hallo Maja, ja klar für dich hab ich doch immer Zeit. Soll ich das Auto abholen oder stellst du ihn mir selbst rein?«

»Nein, ich komm in der Früh eh in die Stadt hinein, dann lass ich die Kiste bei dir stehen.«

»Alles klar, so machen wir das. Was tuste heute noch?«

Ich liebe es, wenn ein Plan funktioniert.

»Weiß noch nicht, würd gern noch eine Runde ficken. Bin aber erst in einer Stunde zurück.«

Eine vorbeieilende Kellnerin sieht mich etwas irritiert an; ich denke es liegt an meiner Wortwahl.

»Super. Meld dich einfach, sobald du wieder da bist, Süße, wir könnten ja mal wieder in den Swinger Club fahren.«

»Ich denk der hat heute zu?«

»Werde das mal eben abchecken und meld mich dann noch mal bei dir. Bis später.«

»Ciao, bis dann.«

Ich bezahle und kaum hab ich den Motor gestartet, summt das Telefon. Das ging aber schnell, denk ich mir beim Blick auf die Nachricht.

»Club hat heute leider zu. Fahren wir zum See? Sebastian würde auch mitkommen.«

Oh ja, ein wenig Abkühlung wär wirklich der Wahnsinn. Und zwei Schwänze sind besser als einer. Ich rase mit hundertsechzig Sachen über die Südautobahn zurück nach Kärnten, will mich erst noch kultivieren und einen Ofen rauchen, bevor ich mit den Jungs zum Baden fahre.

Mo ist mein Nachbar, südländischer Typ, schlank und durchtrainiert, etwas kleiner als ich, dafür hat er ein sehr beeindruckendes Gerät zwischen seinen Beinen, mit dem ich das erste Mal vor etwa einem halben Jahr Bekanntschaft gemacht habe.

Wir haben uns zufällig am Weihnachtsmarkt getroffen und wollten eigentlich nur einen Glühwein miteinander trinken. Kurze Zeit später bin ich nackt vor ihm gekniet, seinen Prachtschwanz tief im Rachen, während uns drei seiner Kollegen zugesehen haben und ein vierter dabei war mich von hinten zu nehmen.

Die Erinnerungen von diesem ersten Mal im Club vermischen sich mit denen des heutigen Nachmittags und ich lasse meine Hand tiefer wandern. Gleite mit ihr unter meinen Rock, schiebe mir zwei Finger in die feuchte Enge und reibe mit dem Ballen der Hand über den Kitzler. Geht doch nichts über ein wenig Wichsen während der Fahrt.

Es kommt mir schnell und heftig, der Sitz ist total durchnässt als ich den Rock wieder nach unten ziehe und von der Autobahn abfahre. Perfektes Timing, perfekter Zustand.

Komme völlig entspannt zuhause an, springe erst in die Dusche und danach in ein kurzes Kleid mit tiefem Ausschnitt. Will gerade den Joint anzünden als es an der Türe läutert und ich durchs Küchenfenster Mos Van stehen sehe. Drei tiefe Züge später breche ich auf und steige in den schwarzen Sharan.

»Baby, bist geil oder was?«

Die zwei Jungs drehen sich synchron zu mir um. Ich fasse kurz in die Handtasche um meinen Lieblingsprügel rauszuholen. Sebastians Augen werden immer größer, als ich mir meinen Plastikkollegen immer weiter in die Muschi schiebe.

»Du bist so ein heißes Stück, hast ja gar keinen Slip an.« Sebastian klettert zu mir auf die Rückbank und übernimmt die Führung von Mister Fridolin.

Gott sei Dank, hab für heute schon genug im Auto masturbiert.

Packe seinen Pimmel aus, muss nicht mal lange blasen ehe er kerzengerade in die Höhe steht.

»Ja genau, fick sie gleich auf der Rückbank«, feuert Mo seinen Kumpel an.

Ich bin nicht mehr fähig irgendwas dazu zu sagen, erstens weil mein Mund voll Schwanz ist und zweitens wegen Gehirn auf Autopilot.

»Die Kleine kann richtig geil blasen, was?«

Während er den Familienvan parkt, überlege ich kurz ob ich ein schlechtes Gewissen haben sollte, weil ich einem verheirateten Mann zwischen zwei Kindersitzen die Latte lutsche. Nach kurzem auf und ab, entscheide ich mich dagegen. Soll er doch Gewissensbisse haben, ist schließlich sein Problem.

Dankbar dass Mo die Tür öffnet und ich nicht weiter über mein Moralverständnis nachdenken muss, steigen wir aus und spazieren über die Liegewiese zum Strand. Sebastian macht sich noch nicht mal die Mühe seinen Prügel wieder einzupacken, bin ich froh, dass es schon stockdunkel ist.

Am Steg sitzen einige Jugendliche bei einem Saufgelage zusammen und hören laute Musik. Einige Meter von ihnen entfernt gehe ich auf die Knie und befreie auch den zweiten Schwanz, lasse ihn im Mund verschwinden. Sebastian schiebt mir das Kleid in die Höhe und sein Gerät immer tiefer in die Muschi, als plötzlich jemand vom anderen Ufer schreit:»Hey die ficken ja!«

»Naja zum Sonnenliegen ist es auch schon bisschen spät, oder«, schreie ich zurück, ehe ich den Mund wieder voll habe und den Lichtstrahl bemerke der auf uns gerichtet ist. Na bravo, jetzt filmen uns die Spasten auch noch. Sollten ihnen wohl eine anständige Show liefern, damit das Filmchen auf Pornhub oft angeklickt wird.

Mo packt mich an den Haaren und drückt meinen Kopf gegen seinen Schoß, ich muss kurz würgen, er ist einfach zu gewaltig. Nummer zwei hämmert wie verrückt in meine zuckende Möse, zwei Finger hat er in meinem Po versenkt. Auf einmal zieht er sich komplett aus mir zurück und spuckt mir auf den Hintereingang.

»Boah ja, fick ihr mal richtig in den Arsch, die braucht das.«

Langsam, doch sehr bestimmt bahnt er sich seinen Weg, mit einem Ruck ist er ganz in mir und erhöht die Schlagzahl, die am anderen Ende von mir ist bereits am Maximum angekommen.

Das Stöhnen wird lauter, sein Griff an meinem Hinterkopf immer fester, ein letztes Mal stößt er tief in meinen Rachen und spritzt alles hinein.

»Brav runterschlucken, du Luder.«

Endlich habe ich eine Hand frei, fasse damit zwischen meine Beine und reibe mich innerhalb von Sekunden zum fünften Höhepunkt des Tages. Schreie losgelöst als es mir kommt, scheinbar gefällt das auch dem Kerl hinter mir, er krallt sich an meinen Titten fest, drückt ihn bis zum Anschlag in meinen wundgefickten Arsch.

»Ahhh, das ist so eng … Ich komme.«

Sebastian umarmt und küsst mich, hilft mir auf die wackelig gewordenen Beine. Wir suchen die verstreuten Klamotten zusammen, während am anderen Ende das Licht der Kamera ausgeht.

28.7.2015

Miss Verständnis sucht die Liebe und wir drehen uns weiter im Kreis, schneller und immer schneller, die nächste logische Konsequenz dieses undurchsichtigen Schauspiels wäre es, endgültig abzuheben. Den Boden unter den Füßen haben wir beide doch schon lange verloren; wissend dass es für diese Aufführung keinen Applaus gibt, spielen wir dennoch weiter, als ob es um Leben und Tod ginge.

Was es ja gewissermaßen auch tut, denn die Tatsache dich nie wieder zu sehen, zu spüren und zu schmecken fühlt sich an, als ob irgendwas ganz tief in mir drinnen sterben würde. Wie zum Teufel sind wir in dieses Labyrinth aus Leidenschaft, Lust, Leid, Verzweiflung und Angst hineingeraten? Haben wir uns gesucht, gefunden, einander verdient und uns kurz darauf verloren?

Meistens erschließt sich der Sinn besonderer Begegnungen erst viel später, auch wenn man davor schon ahnt worauf man sich einlässt. Man muss nur aufmerksam sein und zuhören, denn alles was wichtig ist, gibt dein Gegenüber in den ersten Minuten der anfänglichen Zeit zu zweit von sich Preis. Beim beginnenden Beschnuppern hatten wir doch alles klar gesagt; du hast mir erklärt dass du vielbeschäftigt bist und deswegen immer was dazwischen kommen könnte.

Ich hab erwähnt, dass ich es beschissen finde, wie unterschiedlich Männer und Frauen in Bezug auf deren Liebesleben beurteilt werden. Hab kein Geheimnis daraus gemacht, dass ich Bier, Gras und Sex verdammt gut finde. Und du hast keins aus deiner Beziehung zu einer anderen Frau gemacht.

Ein Jahr später stehen wir von den Scherben eines Dramas, das vorbei ist, lange bevor es zum Epos werden konnte. Warum haben wir das nicht vorher kommen sehen? Waren wir zu blind, oder hat uns die Hoffnung dabei geholfen diese gottverdammte Achterbahnfahrt zu überstehen ohne dabei wahnsinnig zu werden?

Die Episoden sind nicht gleich, aber sie ähneln sich im Kern; der kleinste gemeinsame Nenner ändert sich nie, ganz egal mit welchem Partner. Man lernt sich kennen, Gefühle entwickeln sich, doch anstatt das Objekt der Begierde anzunehmen wie es ist, beginnt man sich gegenseitig zu verbiegen, zu zerbrechen. Als du dich in mich verliebt hast, war ich ich. Authentisch und unverfälscht.

Ja, ich liebe Männer, ficke gerne, kann über schmutzige Witze und tiefschwarzen Humor lachen, weiß»Super Skunk« und»Orange Bud« zu schätzen, bin im gleichen Maße liebevoll wie auch cholerisch veranlagt und eine Chaotin erster Klasse.

Deiner Feinfühligkeit steht eisige Kälte gegenüber, die Unfähigkeit jemand dahinter blicken zu lassen. Du warst immer zärtlich, ich hab die Zeit mit dir genossen und wollte sie anhalten, auch wenn mich sowohl die Eifersucht als auch dein Besitzdenken krank gemacht haben.

Prophezeiungen sind selbsterfüllende Fotzen.

Vor einer Abzweigung stehend, dagegen ankämpfend gibt es dennoch nichts, was an dieser Entscheidung vorbeiführen könnte. Friss, oder stirb. Sekt oder Selters. Scheiße.

Wir streiten weil du keine Zeit für mich hast und ich deswegen ständig mit anderen herummache.

Wir streiten weil ich gerne feiern geh und kein Kind von Traurigkeit bin.

Wir streiten, weil ich ununterbrochen auszucke und dich so oft belogen habe.

Wir streiten, weil ich dir schlimme Dinge unterstelle und dir keine einzige Sekunde geglaubt habe.

Reibung erzeugt Wärme. Ist es eben diese unendlich anmutende Hitze, die uns zusammenschweißt und uns zwingt die Sache durchzustehen, bis sie vorbei ist? Ich sollte mich ändern, du solltest mehr Zeit haben. Haben wir das nicht schon eine Million Mal durchgekaut? Bin nur ich so müde, oder kannst du auch nicht mehr?

30.7.2015

Wir streiten wieder mal und sagen die schlimmsten Dinge zueinander.

Diesmal ist es genug; wirklich genug.

Ich habe beschlossen, dass ich mich zum letzten Mal von diesem Idioten enttäuschen lassen habe und überlege kurz, womit ich mich von dem ganzen Mist am schnellsten ablenken kann.

Alkohol. Laute Musik. Viele Menschen. Sex mit völlig Unbekannten. Die Klassiker zur Bewältigung beinahe aller Lebenskrisen.

Ja, das könnte funktionieren, um wenigstens kurzzeitig so zu tun, als wäre alles bestens und man ein voll funktionstüchtiges Mitglied dieser ehrenwerten Gesellschaft.

Also fehlen nur noch Menschen, die mir helfen meinen Plan umzusetzen. Dafür gibt's ja sicher eine App …

»Tinder«. Nix wie installieren und los geht´s.

Von der Bedienung her ist es völlig unkompliziert und intuitiv gestaltet und so finde ich mich sehr schnell zurecht. Geiler Typ - drück aufs Herz; nie im Leben – drück aufs X.

Die ersten paarungswilligen Männer, denen auch mein Profil gefällt lassen keine fünf Minuten auf sich warten und ich entscheide mich für ein sportliches, schwarzes Exemplar aus Sierra Leone, Baujahr 1989 und laut der App keine 30km von mir entfernt.

Die Bilder auf seinem Profil gefallen mir und er macht mich neugierig. Jerome wirkt auf den Aufnahmen sehr groß und durchtrainiert, außerdem hat er wunderschöne Augen.

Er schreibt mir, dass er schon seit Jahren in Österreich lebt, ich denke Gott sei Dank dann hat er auch keine Ebola. Nachdem dieses Risiko wegfällt, verabreden wir uns für den Abend.

Neugierig und gespannt kann ich die aufkommende Vorfreude nicht leugnen. Ich grinse den restlichen Nachmittag vor mich hin wie die Miezekatze bei Alice im Wunderland.

Zwei Stunden später steht er in einem verqualmten Irish-Pub vor mir. Oh Gott, die Bilder waren nicht gephotoshopped. Er ist genauso, wie ich ihn mir vorgestellt habe. Mein überaus attraktives Gegenüber lächelt mich an.

»Hallo, schöne Frau.« Er nimmt mir meinen Mantel ab, ganz Gentleman-like, wir suchen uns einen Platz im hinteren Teil der doch sehr gut besuchten Gaststätte und unterhalten uns über Gott, die Welt, Apartheid, Ebola und über Tinder.

Als der Kellner kommt, frage ich mich im Stillen, ob es politisch korrekt wäre, zwei Dunkle zu bestellen.

Der afrikanische Adonis neben mir ist scheinbar schneller mit der Bewältigung solch existenzieller Fragen und ordert zwei Kilkenny.

Nach der dritten Runde zeigt das Zeug endlich die erwünschte Wirkung, er steht plötzlich auf und küsst mich.

»Du schmeckst richtig gut«, flüstert er mir ins Ohr. Ich drücke mich gegen seinen Körper, fasse ihn an den Arsch und mache sehr eindeutige Bewegungen mit meinem Becken. Es kümmert uns keinen einzigen Moment, dass wir inzwischen von so ziemlich jedem da drinnen angestarrt werden.

»Zu mir, oder zu dir?« Jerome schiebt mir seine Hand unters Shirt und streichelt mich als ich im Augenwinkel einen grauhaarigen Kerl im Anzug auf uns zusteuern sehe. Er macht einen sehr unentspannten Eindruck, als er neben uns zum Stehen kommt.»Bitte verlassen Sie beide umgehend mein Lokal. Das ist ein ehrenwertes Haus.«

Um seiner Forderung Nachdruck zu verleihen, fuchtelt er heftig mit den Armen herum und knallt uns die offene Rechnung auf den Tisch.

»War eh scheiße hier, außerdem wollten wir grade gehen«, fauche ich und hebe meinen BH vom Boden auf, drei Kerle am Nebentisch grölen, als ich das rote Teil in meine Handtasche stopfe.

Mein Begleiter wirft einige Geldscheine auf den Tisch und wir verschwinden. Kaum vor dem Eingang angekommen, packt er mich, drückt mich gegen eine Hauswand und schiebt mir den Rock hoch. Ich fasse ihn zwischen die Beine, spüre seine riesige Vorfreude und würde ihm am liebsten an Ort und Stelle die Klamotten vom Körper reißen.

Ein vorbeifahrendes Polizeiauto lässt uns wieder zur Vernunft kommen, ich nehme ihn an der Hand und wir machen uns auf den Weg.

Unweit des Stadtparks, in dessen Mitte eine kleine Kirche steht, habe ich meinen Wagen stehen. Als ich die Tür zur Rückbank öffne und Jerome deute einzusteigen, sieht er mich fragend an.»Ist das dein Ernst?«

»Und ob! Ich wollte immer schon mal mit Blick auf ein Gotteshaus Sex haben. Das ist so unchristlich und verdorben.«

Wir kichern beide als wir einsteigen und von innen abschließen.

Als ich am nächsten Morgen auf der Suche nach meinem Telefon die Rückbank meines Polos durchkämme und dabei Fußabdrücke an der Decke und meinen String auf dem Beifahrersitz erblicke, schmunzle ich zufrieden.

Endlich mal eine App, die Spaß macht.

2.8.2015

Wieder nicht vor Sonnenaufgang ins Bett. Habs mir aber eh schon gedacht, dass es unmöglich wird rechtzeitig pennen zu gehen. Da ändern auch zwei Flaschen Rotwein und feinstes»AK47« nichts daran; Kolumbien ist stärker und trotz über vierundzwanzig Stunden wach sein, ist mir immer noch nach tanzen. Wer braucht schon Schlaf?

»Welcher Vollidiot hat den Wecker auf halb zwölf gestellt?«

Marley wirkt etwas verstört als ich ihn anschreie, er zieht seinen Schwanz aus meiner Handtasche, stellt ihn auf, dreht mir den Hintern zu und läuft davon.

»Das warst sicher du! Kurz nachdem du die Fernbedienung versteckt und vors Schlafzimmer gekotzt hast«, Zornig springe ich auf und laufe ihm hinterher, bis ich ihn in der Küche finde. Er versucht sich hinter einem der verschlissenen Stühle zu verstecken, doch sein riesiger schwarzer Stimmungsbarometer, der immer noch senkrecht nach oben steht, verrät ihn.»Warum schreie ich mit dir. Tust ja eh was du willst, verfluchte Miezekatze.«

Vorsichtig kriecht er hinter dem Sessel hervor und sein»ich war´s nicht« Blick ist an Unschuld nicht mal durch das Christkind zu toppen. Hoffentlich ist das nicht blasphemisch, ich will nicht in die Hölle kommen.

Durch die Schlitze der Jalousie dringende Sonnenstrahlen brennen wie Salz in den Augen, ich sollte mir die Decke über den Kopf ziehen. Dann würd ich auch das Chaos um mich herum nicht sehen. Ein Königreich für eine Putzfrau. Oder zumindest für einen Exorzisten.

Hab ich einen unbekannten Messie als Untermieter? Hat der mein Handy geklaut? Und welche Drecksau hat eigentlich in die Badewanne gekackt?

Beim Einschalten der Kaffeemaschine muss ich lachen. Wozu Koffein bei dem Kokainkater? Das ist ungefähr so sinnvoll wie Baldriantropfen kurz nachdem man Opium geraucht hat. Placebotechnischer Overkill.

Aber der Mensch ist ein Gewohnheitstier, Pawlos Hunde sind Fotzen und mein»Kein I-Phone« liegt im Kühlschrank, dem einzigen Raum der abgesehen von meinem Schlafzimmer noch vermüllter als die Innenstadt nach der Kirchtagswoche aussieht. Und auch wesentlicher strenger riecht.

Hoffentlich wachsen Gehirnzellen wieder nach, so wie Fingernägel oder Haare. Muss ich googeln sobald der Display nicht mehr voller Kernöl ist.

Gerade als ich das schmierige, grüne Zeug, dass wahrscheinlich aus China kommt, wegwischen will, fällt mir ein, dass ich mir noch die Beine rasieren sollte. Wie angewurzelt und gelähmt stehe ich entscheidungsunfähig da. Was soll ich denn als erstes machen?

Plötzlich knallt die Erinnerung, dass ich nicht gepackt habe und immer noch wie eine untot wandelnde Wasserleiche auf Crack aussehe, so heftig in mein Bewusstsein wie am 5. April 1994 die Kugel in den Kopf von Kurt Cobain.

Come as you are.

Fünfzehn Minuten vor der Abfahrt zu meiner Verabredung.

Teufelskreise sind sarkastische Rudeltiere mit einem Hang zum staubtrockenem und tiefschwarzen Humor. Fotze.

Über einhundertsiebzig Sachen über die Süd rauschend und gedankenversunken wird der Drang Alkohol zu konsumieren übermächtig. Mit dem schwarzen Minirock, den darunter hervorblitzenden halterlosen Strümpfen und dem weißen Mantel sehe ich aus wie eine russische Edelprostituierte. Fühlen tu ich mich auch schon beinahe so, fehlen nur noch Wodka, Bortsch, eine Kalaschnikow im Handgepäck und die Mafia zum Mittagessen.

Die kleine, nach Benzin, Putzmittel und Bier stinkende Kneipe neben der Tankstelle ist gut besucht, der Geruch nach abgestandenem Zigarrenrauch, altem Frittierfett und billigen Aftershave lässt mich würgen. Schlimmer noch als der Gestank sind die abgefuckt aussehenden LKW-Fahrer mit Vollbart. Leberkäs-Semmeln in sich reinschiebend bewegen sich plötzlich alle Köpfe synchron in meine Richtung.

Ich bin noch nicht mal an der Theke angelangt und schon der absolute Mittelpunkt des Geschehens, jeder einzelne Schwanzträger beobachtet mich so konzentriert wie der Nachbardackel den Postboten. Die stechenden Blicke ignorierend stacke ich auf meinen High Heels zur Theke. Porno pur. Eine leicht übergewichtige Mittvierzigerin mit fettigen, schwarz gefärbten Haaren ist abgesehen von mir und der Klofrau das einzige weibliche Wesen in der Spelunke. Der ausgewachsene Pagenschnitt verdeckt ihre ausdruckslosen Augen als sie mich mit allerschlimmsten provinzsteirischem Dialekt anraunzt.»Servas griaß di. Wos wüstn du hobn?«

»Fünfzigtausend Euro in bar, einen vierundzwanzigjährigen Brasilianer und einen weißen Spritzer.«

Einhundertachtzig Kilometer, zwei Drinks und einige Lines später parke ich die Karre am Hauptbahnhof. Mein Ego ist aufgeblasen wie ne Gummipuppe, Bolivien sei Dank. Ich ziehe den Slip unter dem Rock aus und schmeiß ihn auf die Rückbank des Chevys, ein letzter Kontrollblick in den Rückspiegel bestätigt meinen Verdacht, verdammt schau ich geil aus.

Kaum aus dem Auto raus, sehe ich mein Date schon in der Tür stehen. Er ist geschätzte eins achtzig groß, schlank und lächelt mich an. Tief durchatmen und ab geht's.

»Kanns sein, dass wir verabredet sind?« Der schüchterne Unterton wirkt beinahe kindlich.

»Hallo, Günther. Freut mich.«

Nach einer kurzen Runde Smalltalk verschwinden wir aufs Zimmer.

Er drückt mich sanft aber sehr bestimmt auf das Bett, streichelt mich, zieht mir das Shirt aus und küsst meine Brüste. Unschlüssig, wie ich das alles finden soll, schließe ich die Augen und gebe mich hin. Mit einer zärtlichen aber sehr bestimmten Bewegung dreht er mich auf den Bauch und streichelt meinen Rücken. Hoffentlich werde ich nicht verrückt, denke ich noch, ehe er mir von hinten zwischen die Beine fasst und mir beinahe den Verstand raubt. Oh mein Gott was tut der Kerl denn da?

Ich verliere jedes Zeitgefühl, lass mich einfach treiben und drei Orgasmen später stehe ich ziemlich verwundert und desorientiert mitten im Raum und frag mich was zum Teufel da grade passiert ist. Es hat wirklich dreißig Jahre gedauert um zu lernen, dass Männer nicht die einzigen abspritzfähigen Gestalten sind.

15.8.2015

Es ist schlichtweg zu heiß zum Schlafen, die großen Gebäude der Stadt speichern die Hitze wie mein lustigster Körperteil beim Anblick des schwarzen Barkellners, der lässig mit dem Shaker hantiert und sich dabei mit einem der Gäste unterhält.

Ich beschließe noch eine Runde durch den Prater zu spazieren, vielleicht hat es sich ja ein bisschen abgekühlt.

Betrunkene Menschenmassen schieben sich durch den bunt beleuchteten Vergnügungspark, vorbei an Gastgärten, Straßennutten und anderen zwielichtigen Gestalten; es riecht nach Pisse und abgestandenem Bier, der erhoffte Windhauch bringt viel weniger Erfrischung als üblen Gestank in meine Richtung.

Ziellos laufe ich umher, bleibe schließlich vor dem Riesenrad stehen, beobachte die Dreherei eine Weile und finde den Gedanken dort drinnen zu sitzen sehr beängstigend.

»Ganz schön hoch das Teil, was?« Ein etwas gesetzterer Kerl steht plötzlich neben mir, zückt sein Handy und als ob es noch eine Spur peinlicher geht, fragt er mich, ob ich denn von ihm und dem Ringelspiel ein Bild machen kann.

Auf die Zunge beißend und dennoch schmunzelnd tue ich dem alten Sack den Gefallen, als hinter uns plötzlich fünf weitere Kerle auftauchen, die ihn anscheinend kennen, da sie grölend in unsere Richtung kommen.

»Freunde von dir?«

Er erzählt mir, dass die Truppe aus Deutschland kommt und

für ein Seminar nach Wien gereist ist. Der Foto-Typ stellt sich als Matthias vor und macht mich mit seinen Mitarbeitern bekannt, die allesamt ursprünglich aus der Gastronomie stammen, die ja bekanntlich ein Biotop für abgedrehte Halunken und Geistesgestörte ist. Deswegen habe ich mich dort auch immer so wohl gefühlt.

»Gehst mit uns was trinken, Maja?«

»Das wäre ohnehin mein Plan gewesen.«

Überfallsartig stürmen wir die nächste Kneipe und bestellen sieben große Bier, kaum hat die Kleine hinter der Theke die dreieinhalb Kilo Hopfensmoothie angeschleppt, bestellt Markus die nächste Runde.

»Sag mal wollt ihr mich betrunken machen? Das mach ich für normal ganz alleine.«

Einer der jüngeren Typen grinst mich an und prostet mir zu:»Von einer Köchin hab ich mir auch nichts anderes erwartet. Auf die Österreicherinnen!«

Ich hab noch nicht mal ein Drittel leergetrunken, schon steht das nächste vor mir. Großartig, wenn das in dem Tempo weitergeht, wird das bestimmt noch ein recht spannender Abend.

Insgeheim überlege ich schon, wer von den sechs für eine feuchtfröhliche Gruppenarbeit infrage kommen würde, als mir plötzlich das Schnucki von der Hotelbar wieder einfällt. Tausche sechs Piefke gegen einen Afrikaner.

Nach der fünften Runden mache ich plötzlich auf pflichtbewusst, fasle irgendwas von ganz-früh-raus-müssen und eifersüchtigem Ehemann der schon seit Stunden auf mich wartet und mache mich aus dem Staub.

Unglaublich wie diszipliniert mich die Aussicht auf einen schwarzen Schwanz macht.

Die Hotelbar ist leer geworden, vor einem laufendem Fernseher sitzen zwei müde aussehende Endfünfziger, der Nachtportier spielt mit seinem Telefon, der Traum meiner schlaflosen Nächte schenkt eben einen Drink ein, hebt seinen Blick und sieht mir in die Augen.»Hi. Was darf's denn sein?«

Wenn Blicke ficken könnten, würde Mister Sierra Leone nackt auf dem Fußboden liegen, ich lächle ihm dreckig zu, spaziere an der Bar vorbei und verschwinde in der Herrentoilette.

Als die Drehtür dreißig Sekunden später aufgeht, weiß ich dass er es ist, auch ohne mich vom Waschbecken umzudrehen, nur ein kurzer Blick in den Spiegel um meine Ahnung zu bestätigen; da steht er hinter mir, packt mich fest am Arsch, dreht mich in seine Richtung und küsst mich.

Ich wusste gar nicht, dass Schwarze so gut küssen können, bis jetzt hatte ich eher den Eindruck, dass ihre Qualitäten tieferliegender Natur sind. Langsam schiebt er den Rock nach oben und den Tanga zur Seite, gleitet mit seiner Hand immer wieder zwischen meine Beine, die mittlerweile vollkommen nass geworden sind. Vor ihm auf die Knie sinkend, taste ich nach der Wölbung der Hose, öffne den Reißverschluss und packe das gewaltige Ding aus. Er hat einen großartigen Schwanz, weniger die Farbe von Milch- als vielmehr die von Edelbitterschokolade, die Spitze ist genauso imposant wie der Rest und leuchtet mir dunkelviolett entgegen, als ich die Lippen darum schließe.

Egal wie sehr ich mich auch anstrenge, ich schaffe es nicht, ihn ganz in den Mund gleiten zu lassen, ohne das Gefühl zu bekommen, ich müsste gleich ersticken.

Mister Lover-Lover zieht mich hoch, drückt mich vor sich aufs Waschbecken und drückt mir den Riesenriemen in voller Länge in die tropfnasse Enge hinein. Winselnd stemme ich mich gegen den Spiegel und drücke mich noch näher an ihn, um die immer rasanter werdenden Stöße abzuschwächen. Mit der Präzision eines Schweizer Uhrwerks fickt er mich auf Wolke sieben, es ist mir scheißegal, dass mein Ächzen vermutlich jeder in der Lobby hört, es ist einfach zu geil sich derartig ausgefüllt zu fühlen.

Mit einem Mal zieht er sich fast ganz aus mir zurück, hält für einen Moment inne, stößt ihn dann aber kraftvoll bis zum Anschlag in mich hinein. Ein kurzes Zucken, Stöhnen, Wimmern,

Sekunden bevor ich explodiere, laut keuchend komme und mir dabei selbst im Spiegel zusehe.

Ich flehe um eine kurze Verschnaufpause, doch anscheinend ist er auf diesem Ohr taub, denn er verschärft das Tempo nochmal, bringt mich in ungeahnte Sphären, drückt mich tiefer, zieht seinen Prügel aus meiner wundgefickten Mitte um ihn mir völlig überraschend in den Arsch zu schieben. Nach Luft japsend, weiß ich nicht wie mir geschieht, ich lasse es einfach geschehen, meine Knie werden zunehmend weicher als es mir zum zweiten Mal kommt.

Kurz bevor die Beine endgültig den Dienst versagen, kann ich auch das Pulsieren seiner Spitze in mir spüren, er umklammert meine Titten, zieht mich ein letztes Mal an sich, bevor auch er lechzend zum Höhepunkt kommt.

Ich lasse mich auf den sandfarbenen Marmorboden fallen, schließe die Augen und kann nicht mehr aufhören zu lachen.

»Ach ja, übrigens – ich bin Jimmy«

Er streift sich das Kondom ab, packt alles wieder an seinen richtigen Platz und sieht im Gegensatz zu mir nicht aus wie ein frischgevögeltes Eichhörnchen.

»Hallo, Jimmy. Ich bin Maja. Schön dich kennenzulernen.«

Seine Hand reichend, hilft er mir auf die Beine und lädt mich auf einen Drink an die Bar ein.

22.8.2015

Immer noch auf der Suche nach dem, der es schafft, mich länger als eine Nacht zu bändigen, suche ich im Netz nach Frischfleisch. Ich habe keine Lust mehr auf zweifelhafte Dumm-Doms, verblödete Möchtegern-Don-Juans oder verheiratete Ferrari-Fahrern mit Mini-Penis und gewaltigem Minderwertigkeitskomplex.

Nach der zweiten Tasse Kaffee werde ich fündig, genaugenommen werde ich gefunden. Das Profil klingt vielversprechend, das Anschreiben ist nicht die flache Massenware, die die meisten seiner Geschlechtsgenossen vom Stapel lassen. Er hat mein Interesse geweckt, wir schreiben den restlichen Vormittag hin und her und verabreden uns für den Abend im besten japanischen Restaurant, das die Hauptstadt zu bieten hat. Entgegen meiner sonstigen Blind Date Erfahrungen bin ich kein bisschen aufgeregt, habe ein gutes Gefühl bei der Sache. Als ich am ausgemachten Treffpunkt vor dem Restaurant ankomme, das praktischerweise in einem Hotel untergebracht ist, bestätigt sich die Zielsicherheit der weiblichen Intuition.

Endlich wieder mal ein Mann, der um einiges größer ist als ich. Leo ist ein wahrer Gentleman, sein dezentes Aftershave macht Lust auf mehr. Gespannt was sich unter dem schwarzen Maßanzug verbirgt, beobachte ich ihn wie eine läufige Hündin einen Straßenköter, als wir uns an die Bar setzen und bei einem Glas Champagner unterhalten.

Das charmante Wesen, das neben mir Platz nimmt, entpuppt

sich als äußerst eloquent. Volltreffer – einer der auch noch was im Hirn hat. Er ist um einiges älter als ich und, wie könnte es auch anders sein, verheiratet. Ich hake nicht weiter nach, will es auch gar nicht genau wissen.

Er fragt mich, ob ich denn schon hungrig sei, ja schon, aber nicht auf Essen. Sein Lächeln geht mir direkt unter die Haut, es kribbelt wie verrückt als er mir sagt, dass er einen Stock tiefer ein Zimmer für uns gebucht hat.

Na dann nichts wie runter …

Das Zimmer wirkt genauso nobel wie der Rest von dem Schuppen, sogar die Klopapierhalterung ist vergoldet, die Minibar gibt auch richtig was her. Vier Stockwerke unter uns tobt das Leben auf den Straßen von Wien, Leo lässt die Jalousien ein Stück weit nach unten, macht Musik an, zieht mich an sich und küsst mich.

»Zeig mal, was du alles mitgebracht hast«, erwartungsvoll zeigt er auf meine schwarze Aktentasche, die sich durch beständig lautes Vibrieren verdächtig gemacht hat. Scheinbar hat mein Fipsi ein Eigenleben.

Ich packe das summende Teil als erstes aus, und lege es vor ihm auf das Bett, gefolgt von Bondage-Tape, Paddle, Ledermanschetten, Peitsche, zwei Seilen, Plug, jeder Menge Gleitmittel und Gummis.

»Na, das nenn ich mal umfangreich«, begeistert begutachtet Leo die stolze Sammlung an Erwachsenenspielzeug, streichelt dabei über meinen Hintern.

»Ja, meine seriöse Aktentasche macht richtig viel Freude. Außen Business, innen Porno.«

»Hmm … Du hast mir immer noch nicht alles gezeigt.«

Eine Augenbraue nach oben ziehend, fasst er mich sanft am Oberarm.

»Doch, die Tasche ist leer.«

Leo fährt mit seiner Hand unter mein Kleid, klatscht mir einmal auf den Arsch, ehe er von mir ablässt und sich auf das Sofa fallen lässt.

»Zieh dich aus«, sein Tonfall ist um einiges fordernder als noch vor einigen Minuten, und verfehlt seine Wirkung nicht um einen Millimeter. Meine Erregung dürfte mir direkt in den Kopf gestiegen sein, der sich auf einmal anfühlt als würde er glühen.

Langsam fasse ich an den Saum des rot-schwarz gemusterten Kleids, bevor ich es mir über den Kopf streife und zu Boden fallen lasse. Mit Ausnahme der High-Heels stehe ich splitterfasernackt vor ihm, er wollte ja, dass ich ohne Unterwäsche komme.

Mir gefällt das heftig aufflackernde Funkeln in seinen Augen als er nach dem Seil langt, geübt legen seine Finger eine Schleife und ziehen den Rest des schwarzen Stricks hindurch. Noch ehe ich ganz begreife was er damit vorhat, hat er meine Brüste mit einem Ruck fest eingeschnürt, befestigt die Enden hinter meinem Rücken.

»Deine Arme sind mir immer noch zu beweglich.« Sprichts und legt mir Ledermanschetten an Hand- und Fußgelenke, streichelt zärtlich über meine zitternden Schultern, küsst mir den Nacken, mit sanftem Druck schiebt Leo mir die Arme hinter meinen Kopf, befestigt sie dort mit dem Karabiner der Fesseln, er achtet dabei genau darauf, dass die Schnürung auch ordentlich sitzt und so stehen meine beiden Fast- Lieblingskörperteile rot und stramm, alles was ich noch bewegen kann, sind die Beine.

Seine Pupillen explodieren förmlich beim Anblick des begonnen Werks, wie ein Junge der zum ersten Mal vom Koks gekitzelt wird, mit dem einzigen Unterschied, dass dieser Rausch greifbar scheint. Vorsichtig tänzeln Fingerkuppen über meine Haut, immer höher, bis sie schließlich auf den stehenden Nippeln zur Ruhe kommen, für einen kurzen Moment innehaltend, wie aus dem Nichts nehmen sie plötzlich wieder Fahrt auf, der unerwartet einsetzende Schmerz dämpft meinen Schrei, weil mir schlicht und einfach die Luft wegbleibt.

Reflexartig weiche ich einen Schritt nach hinten, doch das provoziert ihn nur noch mehr, immer fester zwirbelt er die höchstempfindlichen Spitzen meiner Titten, gibt mir damit zu verstehen, dass Ausweichen keine Option ist. Der Schmerz brennt sich ins auf»Standby« geschaltete Hirn, instinktiv schwingt meine Mitte immer mehr in seine Richtung.

»Ich werd dich schon noch ficken, du Miststück.«

Im Takt meines Stöhnens, schlägt er mit der flachen Hand immer wieder auf die abgebundenen Titten, wandert tiefer, setzt seine Behandlung auch jenseits des Bauchnabels fort. Mit jedem einzelnen Schlag verliere ich zunehmend an Bewusstsein und mich selbst beinahe völlig im Spiel. Gänsehaut kriecht an mir hoch, ich werde aufs weiße Laken geschoben, er spreizt mir die Arme und Beine indem er die Karabiner neu ordnet und mich somit in eine äußerst ausgelieferte Position bringt. Sämtliche Extremitäten sind weit gespreizt und aneinander fixiert, als Leo sich mit dem eben geschnapptem Paddle nähert.

Schnalzendes»Boom Boom« unter den Rippen, und die Frage ob ich jemals erregter als in diesem Moment war. Heiß und dickflüssig bahnt sich eine dünne Spur ihren Weg zu Boden, hinterlässt nichts als einen feuchten Film zwischen den Oberschenkeln.

Nicht aus Angst, eher aus der Lust, das Erlebte noch um eine Nuance zu steigern, schließe ich die Augen, atme tief ein, bevor ich das in Leder gebundene Teil laut schnalzend auf den Innenseiten der Schenkel aufprallen spüren.

Wieder und wieder streichelt Leo über die geschundene Stelle, die eigene Atemfrequenz sinkt im gleichen Maße wie der Herzschlag. Ich lasse mich fallen – mitten in ihn hinein.

1.9.2015

Es braucht nicht mal drei Sekunden um zu bemerken, dass ich es diesmal mit einem Kaliber gesammelter Geisteskrankheit in Menschengestalt zu tun habe.

Zwei, drei tiefe Züge grüner Luft, haben es geschafft meine Aufregung ein klein wenig zu dämpfen, auch wenn ich mir bis zum Augenblick seines Eintreffens eher Sorgen um meinen eigene Verwirrtheit mache. Als hätte mir Doris Knecht ihren»Gruber« zum Date geschickt, genauso hab ich mir den koksenden Protagonisten immer vorgestellt: Halblange Haare, Augen so unendlich groß und schwarz wie meine eigenen nachdem ich zum ersten Mal Speed genommen hatte, die Gestik schnell und hektisch, die Gedankenwelt panisch und paranoid zwischen den verschiedenen Persönlichkeiten zuckend.

Ist das wirklich nur ein Mensch, der mir gegenüber sitzt? Beim Zuhören habe ich eher das Gefühl, es wäre an die sieben verschiedenen.

Kranker eigener Schädel beobachtet und wägt ab … Abhauen oder bleiben?

Abhauen zurück in eine leere Wohnung? Hier bleiben und mit einem äußerst fragwürdigen Kerl auf Drogen Zeit verbringen … Ob ihr wirklich richtig steht, seht ihr wenn das Licht angeht.

Entscheide mich für die Thriller-Version des Hauptabendprogramms und bleibe bei ihm, umbringen wird er mich schon nicht.

Zitternd fasst die dürre Gestalt in seine Hosentasche und zieht ein kleines Päckchen hervor.»Zigarette?«

Ich lehne dankend ab, mit dem Hinweis, dass die Scheiße ja voll ungesund sei.

Fast ein wenig beschämt, steckt er sich trotzdem eine an, zieht so tief und neurotisch daran, dass er die Kippe mit fünf Zügen weggepafft hat. Gratuliere, Lungenvolumen scheint also in allerbester Ordnung zu sein.

Das stinkende Teil ist noch nicht mal abgetötet, da legt Mister Junkie Boy den Kopf schief und sieht mich aus den glanzlosen Augen fragend an:»Also dann hast du sicher auch ein Problem damit, wenn ich was anderes rauchen will?«

Ich dachte schon er fragt nie, lächle, krame in meiner who-the-fuck-is-Louis-Vuitton Handtasche, schmeiße Papers und Gras auf den Tisch und versinke in einem Lachkrampf.

»Spinnst? Gras ist eh okay, nur Tabak ist scheiße.«

Präzise wie ein Uhrwerk der Eidgenossen huschen meine Fingerspitzen über den Utensilien Haufen hinweg, krallen sich alles brauchbare, keine halbe Minute später brennt die Lunte, schenkt dem immer noch unerforschtem S/M-Studio eine angenehmen Duft. Langsam legt sich der Schleier aus süßlichem Dunst über eine ganze Galerie von Gasmasken, die auf der anderen Seite des Raums an einer Wand aufgehängt reihen.

Ihnen gegenüber steht ein Gyn-Stuhl, dahinter an die zwanzig verschiedenen Flogger, Spreizstangen, Knebel, Peitschen, kerzenbeleuchtet führt ein Gang im hinterem Teil des Raumes in einen Keller.

Während ich immer noch konzentriert alle Details des Nebenraums abchecke, drehe ich mich für den Augenblick eines Wimpernschlages zu ihm, doch noch ehe ich ihm den Joint weitergeben kann, packt er mich am Hinterkopf, drückt mich in seine Richtung.

Will ihn nicht küssen, er ist völlig dicht. Muss beinahe kotzen als ich ihn an meinem Gesicht spüre. Würge, konzentriere mich und will den Kopf weit weg drehen.

Was zum Teufel tu ich hier eigentlich. Winde mich gekonnt, er erwischt den Ofen, lässt von mir ab.

»Ich hätte auch noch was anderes.«

Nicht weniger besessen wie vorhin an der Fluppe, inhaliert er das Gras, öffnet die Packung Marlboro, fischt gepressten weißen Kristallstaub heraus. Verdammt, ich dachte nicht, dass mein ganz persönlicher END-Gegner so schnell wieder vor mir auftauchen würde. Ohne ihn zu fragen, welchen Namen das Zeug vor mir hat, überflüssig wie Lutscher die nach Scheiße schmecken.

Ich kann noch nicht mal»was für eine verfluchte Kacke« denken, geradezu grandios formatieren sich die klitzekleinen Bröckchen vor mir. Gott, wie schön können Drogen sein.

Mit den Sternen um die Wette funkelnd, nimmt der schimmernde Haufen MDMA von mir Besitz, die Obsession hat ihren Platz eingenommen, beherrscht den Geist, regiert den Instinkt, zerstört die Vernunft.

Und plötzlich ist es Zeit.

Zeit, innezuhalten.

Tief durchatmen.

Nochmal.

Zeit, dir ins Gesicht zu fassen.

Zeit, die Maske fallen zu lassen.

Tief durchatmen.

Runter damit, weg mit der Fassade.

Eiskalter Schleier benetzt deine Physis, einzig und allein gestützt vom letzten Rest Ego, der dir immer noch den Verstand durchfickt.

Als würdest wie in Trance auf all die vergangenen Momente blicken, dich fragen was da eigentlich passiert sei, obwohl es doch eh genau weißt.

Reiß sie endlich runter.

Nackt, doch ohne Demut nur noch von der Gier getrieben, lecke ich über die Fingerkuppe, tauche die angefeuchtete Spitze in den kleinen Haufen Gift vor mir. Ich hatte schon beinahe vergessen wie bitter das Zeug schmeckt.

Und plötzlich ist es als wäre die Angst vor dem Wahnsinn einer tiefen Verbundenheit mit demselben gewichen.

6.9.2015

Wir schreiben. Wir ignorieren einander. Stacheln uns gegenseitig an, heizen ein, als ob es kein Morgen geben würde. Immer wieder wummert die Erinnerung an vergangene Tage und Gefühle wie ein Vorschlaghammer in den Kopf, macht die verdrängten Empfindungen wieder bewusst.

Seit knapp zwei Jahren ficke ich alles, was nicht bei drei auf dem Baum ist, immer mit der Hoffnung, ihn endlich gehen zu lassen. Vergessen zu können. Ganz egal wie ich es auch anstelle – ich kann nicht aufhören an ihn zu denken.

Es ist nicht schlimm zu wissen, dass er jemand anders hat. Aber mir blutet das Herz, wenn ich spüre, dass er dabei unglücklich ist.

»Interessant ist immer das, was man nicht haben kann.«

Richtig. Nur, dass es nicht um Besitzanspruch geht. Alles was ich will, ist zu wissen, dass er ok ist.

Scheiß aufs Ego.

»Will dich spüren. Schmecken. In deinen Armen einschlafen, nur um zu wissen, dass du wirklich da bist.«

Niemals hab ich mich sosehr nach einen Menschen gesehnt, wie in diesen Tagen nach ihm. Seit Wochen schon ungefickt und trotzdem interessiert mich keiner der üblichen Fick-mich-anständig-durch-Spasten, alles was ich jemals wollte ist er.

Gott und die Welt sagt mir, ich soll die Finger davon lassen; der der Motor im Brustkorb sagt was anderes … Sturheit? Engstirnigkeit? Anecken-wollen? Nostalgie? Sucht? Naivität?

Nichts als verzweifelte Versuche, das Unfassbare in die korrekte Schublade zu stecken, wie auch immer. Einen feuchten Scheiß drauf gebend was irgendjemand davon hält … Ihr habt keine Ahnung wie ich fühle. Und noch während in meinem Schädel Krieg tobt, summt das verfickte Ericcson wie ein eingekokster Epileptiker auf dem Glastisch herum.

Ein kurzer Blick aufs Display bestätigt meine Vorahnung. Er hat geschrieben. Wir sehen uns heute. Zum ersten Mal seit drei Monaten. Ich versuche die Vorfreude zu dämpfen, nur nicht durchdrehen … Sag der besten aller Vertrauten Bescheid, schmeiß mich in mein weißes»Fick-mich-Kleid«, das sie mir vor Wochen geschenkt hat und mach mich auf den Weg nach St. Eiermark.

Scheiße, bin ich aufgeregt.

Ob ich kurz anhalten und einen Ofen rauchen sollte?

Nein, ich will vollkommen bei Sinnen sein, keinen einzigen Nervenstrang betäubt, alles spüren. Unterwegs meldet sich auch der Mann mit dem Koks. Nein danke, ich will mich nicht schon wieder selbst sabotieren … Keine Sehnsucht nach Placebos; alles was ich brauche kann man nicht kaufen …

Klopfe mir selbst auf die Schultern, ehe ich bemerke, dass ich angekommen bin; wie der erste Kick auf MDMA erwischt es mich, als ich seinen Wagen sehe.

R. sieht genauso aus, wie ich ihn in Erinnerung habe; süß- und unendlich müde. Doch das sonstige Herzrasen ist einer tiefen Vertrautheit gewichen; unsicher, wann ich mich zum letzten Mal jemand so nah gefühlt hab, als ich in seine Karre steige und mich neben ihm in den Sitz fallen lasse.

Und plötzlich fühlt es sich an, als wäre der ganze Scheiß nie passiert; neurotische Verliebtheit ist einem undefinierbarem Akzent der Ruhe gewichen. Keine Ahnung, aber es ist richtig. Richtig gut.

Wir reden. Zum ersten Mal seit geraumer Zeit. Nicht nur über belanglosen Mist. Über Dinge, die bewegen. Steigen aus dem Auto, er nimmt mich an der Hand. Ich sauge den Augenblick ein, als wüsste ich ganz tief drinnen, dass es sich nie mehr so intensiv anfühlen würde.Liegen nebeneinander in einer der Pritschen, bekomme nicht genug von deinem Geruch, verliere mich beinahe, ich kann nicht glauben, dass das wirklich passiert. Hätte ich einen Wunsch frei, wäre es, ihn nie mehr loszulassen.

Ich streichle über seine Brust, tänzelnde Fingerspitzen ebnen sich den Weg, jagen die Innenseite seiner Oberschenkel hinab, halten an den Knien inne, fegen wie ein Orkan zurück zwischen seine Beine, zeichnen die Konturen des hart gewordenen Körperteils nach, während er meine unverpackten Titten durch den Stoff hindurch inspiziert, gekonnt an den Nippeln zieht, loslässt um sie anschließend durchzukneten. Gott, er riecht so gut.

Ich stehe am Rande des Wahnsinns, doch als hätte er Lunte gerochen, lässt er plötzlich von mir ab, steht auf und beginnt damit, sich auszuziehen. Challenge accepted – mit einer flüssigen Aufwärtsbewegung streife ich den Fickmichfetzen ab, stehe nur noch in Halterlosen vor ihm, rufe enthusiastisch»Erster!«, bevor er mich umdreht und meinen Oberkörper aufs Bett drückt.

Schließe die Augen, fest zupackende Hände dirigieren meinen zuckenden Arsch nach hinten, und während ich mich noch wundere wie geil sich das anfühlt, rammt er mir den steinharten Schwanz hinein, ohne die Möglichkeit mich zu wehren lasse ich mich fallen. Verliere völlig die Kontrolle, alles was ich will ist mehr davon.

Immer lauter werdende Schreie, er krallt sich tief in meine Hüften, mit einem Ruck dreht er den winselnden Körper auf den Rücken, nicht ohne mir vorher kräftig auf den Arsch zu klatschen. Millimeter vor dem Höhepunkt herumschleichend, reißt er unerwartet sein Teil wieder aus mir raus.

Gierig, beinahe automatisiert drücke ich meinen Körper in seine Richtung, zärtlich packt er mich am Hinterkopf, steuert ihn eine Etage weiter nach unten, solange bis sich Schwanzspitze und Lippen berühren.

Ausgehungert wie eine Königskobra, die wochenlang nichts mehr zu fressen bekommen hat, schnappe ich vorsichtig nach dem

Lieblingsschwanz, ziehe mit der Zunge Kreise über die Spitze, um ihn schließlich bis zum Anschlag im Mund verschwinden zu lassen.

Langsam wandernde Hände, innehaltend, weiter suchend, findend, staunend, gleichzeitig mit seinen, die mich auf einmal an den Beinen erwischen. Vorsichtig und doch bestimmt drückt er sie nach hinten, solange, bis ich vollkommen frei und zugänglich vor ihm liege.

Sekunden später seine Zunge, die sich ihren Weg durch mein Allerheiligstes bahnt, Contenance war gestern. Geschickt provoziert er das mittlerweile hypersensible Präzisionsgerät an den Rand des Wahnsinns, zitternd und windend erreiche ich zum ersten Mal den Höhepunkt.

Versuche mich loszulösen, dann wie Brandbeschleuniger ein gehauchtes»Du sollst stillhalten«, kickt mich wie Lionel Messi das runde Leder eine Sphäre höher. Verliere noch mal die Kontrolle, bevor die erste Welle abebbt, explodiert mein unterhaltsamster Körperteil zum zweiten Mal an diesem Abend.

Mit der Präzision einer Armbanduhr der Eidgenossen leckt er mich zum nächsten Gipfel, instinktgesteuert und tiefenentspannt sinke ich in seine Arme. Ich wusste gar nicht mehr wie vollkommen sich das anfühlt.

Als wäre mit einem Schlag alles anders; der Zustand den ich am Meisten fürchte, gleichzeitig das Intensivste, dass ich jemals gespürt habe … Nähe.

Es ist einfach perfekt. Wunderschön.

10.9.2015

Auf die Arschlöscher.

Sie haben uns beigebracht Tiefschläge wegzustecken.

Auf die Psychopathen.

Sie haben uns Misstrauen gelehrt, unsere Sinne geschärft, wie Futter für die Paranoia.

Auf die eiskalten Gefühlskrüppel.

Sie haben uns gezeigt, wie essentiell Emotionen sind.

Auf die rationalen Theoretiker.

Sie haben unsere Kreativität verkannt, Trotz provoziert, uns zu Höchstleistungen motiviert.

Auf die mit-dem-Strom-schwimmenden Herdentiere.

Sie haben uns bewusst gemacht, wie viel Energie es kostet, um in die andere Richtung zu tauchen

Auf die besserwissenden Degustations-Schikimiki-Arschgeigen.

Sie haben uns gezeigt, dass Moral erst weit hinter der Fassade beginnt.

Auf die scheinheiligen Doppelmoralisten.

Sie haben uns den Unterschied zwischen Wasser predigen und Wein trinken erklärt.

Auf die, die nix besitzen.

Sie haben uns wahre Grosszügigkeit vorgelebt.

Auf die Querdenker und Freigeister.

Sie haben uns Wärme und Geborgenheit geschenkt.

Auf die Künstler da draußen.

Sie haben uns verstanden, geschätzt und unterstützt.

Auf die Süchtigen.

Sie haben uns durch einen Spiegel hindurch auf die Lösung hingewiesen.

Auf die Kämpfer die niemals aufgeben.

Sie haben uns gelehrt, immer einmal öfter aufzustehen als man hinfällt.

Auf die Klassenclowns.

Sie haben bewiesen, dass man auch dann noch lächeln kann, wenn die Scheiße bis zum Hals steht.

Auf euch alle.

Welche Rolle ihr auch spielen wollt.

Hört niemals auf zu grinsen :-)

13.11.2015

Der Unbekannte aus dem Netz will also, dass ich mich als Chefsekretärin in einem großen Konzern bewerbe und dabei die Reize einer Frau einsetze. In seiner letzten Mail verlangt er das Bewerbungsschreiben bis am Abend zu bekommen, natürlich an ihn adressiert.

Klingt ja mal nach einem spannenden Anfang für ein Blind Date und in null Komma nichts habe ich den Text fertig.

»Sehr geehrter Herr Müller!

Wie ich Ihrer Annonce in der Kleinen Zeitung entnehmen konnte, sind Sie auf der Suche nach einer Chefsekretärin. Hiermit bewerbe ich mich um diese offene Stelle.

Ich bin 29 Jahre alt, komme aus Wien und wäre natürlich bereit meinen Lebensmittelpunkt nach Wolfsburg zu verlegen. In meiner bisherigen Tätigkeit war ich für die Terminkoordination und den Schriftverkehr eines kleinen Familienbetriebs in der südlichen Steiermark tätig. Da ich keine Lust mehr habe, den Großteil des Arbeitstages kniend unter dem Schreibtisch des Chefs zu verbringen und mit sämtlichen Geschäftspartnern zu schlafen, sehe ich den Zeitpunkt für eine berufliche Veränderung gekommen. Ansonsten hätte ich ja gleich in der Pornoindustrie bleiben können.

Pünktlichkeit zählt leider nicht zu meinen Stärken, das mach ich aber mit meinem guten Aussehen wieder wett. Dafür sagt man mir Kommunikationsstärke, Loyalität und ausgezeichnete Umgangsformen nach.

Sollten Sie an einer Zusammenarbeit mit mir interessiert sein, so würde es mich sehr freuen von Ihnen zu hören.

Bis dahin verbleibe ich

Mit besten Grüßen

Maja Siffredi«

Natürlich ist Herr Müller brennend an einer Zusammenarbeit mit mir interessiert, er antwortet kurz darauf mit einer Einladung zu einem Gespräch:

»Sehr geehrte Frau Siffredi,

Ich werde heute Abend ihr Ansprechpartner sein. Es geht um die offene Stelle einer persönlichen Assistentin und um Customer Relation. Unsere neue Abteilung heißt»Hard and Pain«. Ich freue mich Sie heute Abend begrüßen zu dürfen. Die genauen Daten teile ich Ihnen noch mit.

Mit freundlichen Grüßen

Matthias Müller.«

Auf der Fahrt ins Hotel bemerke ich meine eigene Unaufgeregtheit, erst als ich an der Zimmertüre klopfe, beschleunigt sich mein Puls ein wenig.

Herr Müller ist um die eins neunzig, seine Haare sind genauso schwarz wie seine stechenden Augen und der Maßanzug. Big Boss trägt Hugo Boss.

Nachdem er mir die Jacke abgenommen hat, bittet er mich Platz zu nehmen und ein wenig von meiner bisherigen beruflichen Laufbahn zu erzählen. Mit gespielter Ernsthaftigkeit tue ich das auch, fasle etwas von ausgezeichneten Office-Kenntnissen und imaginären Ex-Arbeitgebern.

Während er mir zuhört, schaut er immer wieder auf den vor ihm aufgeklappten Laptop, was mich dazu provoziert meine Beine zu öffnen, um ihn eine andere Perspektive auf meine Qualitäten zu liefern.

»Frau Siffredi, das klingt ja alles recht gut. Mich würde jetzt allerdings noch interessieren, was sie bei ihrem letzten Vorgesetzten unter dem Schreibtisch zu suchen hatten.«

Lächelnd schiebe ich mein Kleid ein wenig weiter nach oben:»Das ist leider ein Betriebsgeheimnis, Herr Müller.«

Mit einem Mal erhebt er sich hinter dem Tisch, kommt auf mich zu, packt mich am Hinterkopf und zieht ihn in den Nacken. Ich bin gezwungen nach oben- und ihn somit anzusehen.

»Du dreckiges kleines Miststück sollst mir sagen was du dort gemacht hast.«

Seine Augen scheinen Feuer gefangen zu haben, sie lassen erahnen was mir heute Abend noch blüht, wenn ich ihn herausfordere, mir die Bedeutung von Dominanz zu demonstrieren.

»Ich habe seinen Schwanz gelutscht.«

Augenblicklich lässt er mich los und setzt sich wieder hin.

»Na dann wollen wir mal sehen, ob du das auch beherrschst.«

Unter dem dünnen Stoff seiner Hose zeichnet sich bereits eine gewaltige Wölbung ab, mir stockt der Atem als er sie auspackt und mich unter den Tisch dirigiert. Wie zum Teufel soll ich denn einen viertel Meter Schwanz in den Mund bekommen?

»Ihr Vater kommt also aus Afrika, Herr Müller?«

Er scheuert mir eine.

»Du sollst blasen, nicht reden.«

Abgesehen davon, dass das Exemplar verdammt lang ist, ist es auch noch sehr dick. Warum muss ich gerade jetzt an den Hackbraten meiner Tante denken? Ich versuche den Mörderschwanz so weit wie möglich in den Rachen zu schieben, würge mehrmals und ringe nach Luft. Insgeheim hoffe ich, ihm nicht in den Schritt kotzen zu müssen, als Herr Müller auf einmal seinen Griff um meinen Schädel lockert.

Ich krieche neben seinen heruntergelassenen Hosen hervor, richte mich auf und bleibe breitbeinig neben ihm stehen. Der Hackbraten ist längst aus meinen Gedanken verschwunden, der Riesenpenis hat ihn wohl rausgefickt. Wie eine läufige Hündin, nur noch aufs Durchrammeln lassen fokussiert, ziehe ich mir den Slip vor ihm stehend aus und beginne mich selbst zu streicheln.

Keine Sekunde später fange ich mir die nächste Ohrfeige, er schnappt meine Arme, zieht sie nach hinten und drückt mich aufs Bett. Noch bevor ich richtig mitbekomme was geschieht, legt er mir Ledermanschetten an und fesselt mir die Arme.

Vor Lust winselnd flehe ich ihn an, mich durchzuvögeln. Die Vorfreude auf den Fick heizt mir ordentlich ein. Herr Müller kniet auf meinem Oberkörper, grinst mich überlegen an:»Na dann Mund auf.«

Er macht da weiter wo er vorhin aufgehört hat, immer tiefer taucht er die Spitze in meine Kehle.

»Du willst den ganzen Schwanz in deiner Fotze haben?«

Versuche ein»Ja« mit vollem Mund zu röcheln, doch es gelingt mir nicht. Erst als er sich ganz aus mir zurückzieht, wird meine Antwort hörbar.

»Dann solltest ihn aber auch ganz in den Mund bekommen.«

»Fick mich bitte.«

Ich flehe ihn an, platze beinahe vor Erregung als er mich zu streicheln beginnt, schiebe mein Becken immer weiter in seine Richtung.

»Fick mich bitte.«

»Hab ich nicht gesagt, du redest nur wenn du gefragt wirst?«

Herr Müller scheint sehr konsequent, legt mir einen Knebel an und dreht mich auf den Bauch, um mir anschließend auch noch den Hintern mit der Reitgerte zu versohlen. Aber erst nachdem er einen Plug in ihn geschoben hat. Mein Arsch brennt wie Feuer, während die Gegenseite vor Lust ausläuft und einen feuchten Fleck auf der Decke hinterlässt.

Ich wimmere in den Knebel und noch während ich still um Erlösung bitte schnauzt er mich an:»Du kleines Dreckstück. Kannst es ja wirklich nicht erwarten, was? So eine Nutte wie dich hätten sie früher angespuckt und aus der Stadt gejagt.«

Er hebt meine Hüften hoch, drückt mein Gesicht ins Kissen und seinen Schwanz von hinten in mich. Wie ein elektrischer Schlag jagt mir ein heißer Schauer über den Rücken, Mister Firmenchef füllt mich fast vollständig aus. Würde ich keinen schwarzen Gummiball zwischen den Lippen haben, würde ich quicken wie ein Käfig voller Meerschweinchen auf XTC. Gott, was für ein Fick!

Mit Höchstgeschwindigkeit rase ich Richtung Orgasmus, bin nur mehr Millimeter davor entfernt, plötzlich drückt er seinen ganzen Körper auf meinen, hält mir die Nase zu und legt mir die Handfläche auf den geknebelten Mund.

Ich bekomme keine Luft mehr und durch den Sauerstoffmangel knallt mir die Hitze noch schneller als sonst zwischen die nassen Schenkel. Ich explodiere wie Sprengstoff, schreie in seine gelockerte Hand, als mir die Luft zeitgleich mit dem Höhepunkt einschießt und mir einen der intensivsten Momente beschert.

Ich zittere am ganzen Körper, er stößt noch einige Male zu, aber ich habe keine Kraft mehr mich dagegen zu wehren, auch wenn ich es kaum noch aushalte. Doch sowohl das zuckende Riesending in mir und sein lauter werdendes Stöhnen lassen mich auf eine baldige Pause hoffen.

Keuchend rollt er sich auf die Seite, nimmt mir die Fesseln und den Knebel ab und mich in den Arm.

Immer noch steht seine Latte senkrecht nach oben, die Spitze des Kondoms ist zum Bersten mit Sperma gefüllt und steht stramm.

»Der sieht ja aus wie der siebente Zwerg von Schneewittchen.«

Herr Müller grinst, soweit ich das in den Augenwinkeln erkennen kann.

»Na wenn er eh nur wie ein Zwerg aussieht, werden wir ihn bei der nächsten Runde bestimmt auch in dein kleineres Loch bekommen, meinst du nicht?«

Warum hab ich nicht einfach die Klappe gehalten?

23.11.2015

Die Autofahrt ist so zäh, wie die Calamari, die meine Schwester heut Mittag weniger gegrillt als viel mehr vergewaltigt hat. Vielleicht ist mir deswegen schlecht? Oder ist es mein Fahrstil der den latenten Brechreiz auslöst? Am gestrigen Alkoholkonsum kann es nicht liegen, immerhin hatte ich nur sechs Bier. Eh schon fast abstinent. Grauslich.

Da fällt mir ein, dass ich in meiner Handtasche noch ein Heineken haben müsste. Vielleicht hilft das ja gegen das flaue Gefühl, dass sich eine Handbreit über meinem Lieblingskörperteil langsam ausbreitet.

»Elena, kannst mir mal bitte die Tasche von der Rückbank geben?«

Der liebste aller Gartenzwerge schaut erschrocken vom Handy auf. Ihr Gesichtsausdruck ändert sich auch nicht, als sie sieht wie ich mir mein Reparaturbier aufmache:»Maja! Echt jetzt? «

»Was ist denn? Scheiß dich nicht an, erstens ist eh schon nach Mittag. Und drittens tue ich nichts Verbotenes. Fast nichts. «

»Ja, du Vollprofi. Und zweitens ist es ganze zwei Minuten nach halb eins. Wenn du trinken willst, sollte vielleicht lieber ich fahren?«

»Spinnst jetzt? Ich mach das nur aus Sicherheitsgründen. Außerdem fahr ich nicht mal mit fünf Promille so einen Scheiß zusammen wie du nüchtern.«

»Logisch, die fünf haste ja auch jeden Morgen nach dem Aufstehen. Übung macht den Meister. Wieso aus Sicherheitsgründen?

Weil du dir dann kein Heroin beim Fahren spritzt?« Elena wirkt plötzlich gelassener.

»Naja, falls mich die Polizei aufhält und fragt wieso ich so rote Augen habe, kann ich sagen, dass ich getrunken habe.«

Jetzt schaut sie verwirrt aus.

»Und wieso solltest du ihnen freiwillig sagen, dass du während dem Fahren säufst?«

»Weil ich davor gekifft habe. Und das werd ich ihnen ja wohl nicht verraten.«

Elena starrt resigniert auf ihr I-Phone.

»Musst du ihnen nicht sagen. Das können die sich sicher denken, wenn du mit siebzig Sachen über die Autobahn fetzt.«

Deswegen hat mir der Typ im Smart vorhin den Vogel gezeigt. Ich hab mich noch gefragt seit wann diese überdachten Zündkerzen so schnell sind.

»Sag mal Elena, mit wem schreibst du da eigentlich?«

Wäre sie nicht so vertieft, hätte sie mir sicher schon vorhin gesagt, dass ich die Kiste mit der Dynamik einer achtundachtzigjährigen, stark sedierten und dementen Pensionistin über die Autobahn steuere.

»Ich hab mir Tinder geholt.«

»Und als nächstes dann Genitalherpes? Schön. Das tut deiner Ehe sicher gut.«

Ich hatte schon beinahe vergessen, wie sich moralische Überlegenheit anfühlt – wie ein flüchtiger Fick mit einem Unbekannten in einer Toilette – sehr kurz spannend, aber die Erregungskurve fällt noch schneller ins Bodenlose, als sie gestiegen ist. Spätestens wenn ein Kopf gegen die Spülung knallt und sie auslöst, ist das Ding gelaufen. Und so stirbt mein Anstandsbewusstsein genauso rasant wie die Erektion eines 15jährigen Debütfickers, der sich beim zweiten Stoß ins nasse Ziel entlädt.

»Genau, Misses Pornoprinzessin. Wenn wir nächsten Sommer alle deine aktuellen Verehrer zum Grillen einladen, ist unser Garten voll.«

Elena klingt gereizt. Vielleicht sollte ich ihr Batterien schenken.

»Kann sein. Vielleicht sollten wir alle einladen, mit denen ich jemals geschlafen habe? Ob die Miete für die Stadthalle wohl sehr teuer ist?«

»Du bist so blöd, Maja.«

Schneller als erwartet ist das Bier leer, es schmeckt schon wieder, aber ich bezweifle dass meine Co-Pilotin auch eins eingesteckt hat.

»Ich darf das. Immerhin bin ich nicht verheiratet.«

»Und deswegen machst du jetzt einen auf Anstandspolizei? Hast du zufällig noch was zu rauchen dabei?«

Zutiefst schockiert über ihre Frage nach Rauschgift, klappe ich die Sonnenblende nach unten und ziehe einen Joint dahinter vor.

»Hast du zufällig noch Alkohol dabei?«

Wortlos fischt sie eine Flasche Prosecco aus einer Plastiktüte. Ihr Blick wandert suchend im Wagen umher, bleibt schließlich an einem MC Donalds Becher voller Cola hängen. Sie öffnet die Scheibe und kippt die Limo beim Fenster hinaus, mit der kurzen Bemerkung dass Zucker süchtig mache und das Zeug pures Gift für den Körper sei.

Nachdem sie den halb Liter Becher bis zum Rand mit der Puffbrause aufgefüllt hat, zündet sie sich den Ofen an.

»Seit wann kiffst du denn? Muss man dazu nicht mindestens eins dreißig groß sein?«

»Seit mich Thorsten nicht mehr fickt. Alles halb so schlimm, zumindest ist die Scheiße Glutenfrei.«

Elena klingt sehr gelassen, ihr Körper sinkt zurück, sie zieht die Pumps aus, streckt ihre Beine zum Fenster hinaus und dreht die Musik lauter. Mittlerweile haben ihre Augen dieselbe Farbe wie meine eigenen. Fast so rot wie Faymann in besseren Zeiten.

Nachdenklich nippe ich an meinem Drink. Das Zeug schmeckt widerlich, viel zu sauer, die Kohlensäure brennt erst im Hals und anschließend rumort es wie verrückt im Bauch.

»Deswegen die Sache mit der Dating App, verstehe. Und wieso redest du nicht mit Thorsten darüber, bevor dir so einen Dilettanten ins Bett holst?«

»Wieso redest du nicht mit einem Therapeuten darüber, dass du während dem Autofahren becherst, onanierst und herumvögelst als ob es kein Morgen gäbe?«

»Touché«

Der weiße Skoda hinter mir blendet ständig auf, meine Augen brennen auch ohne den Lichtamoklauf von dem Deppen. Auch wenn es schön ist, dass mir mal nicht der Mittelfinger von anderen Verkehrsteilnehmern gezeigt wird. Ich fahre von der Autobahn ab, vielleicht ist dann Ruhe. Aber leider Fehlanzeige.

»Was will denn der Idiot von dir? Der soll doch einfach überholen wenn es ihm zu langsam geht.«

»Das ist sicher einer meiner Stalker«

Ich fahre noch ein bisschen langsamer, konzentriert versuche ich im Rückspiegel zu erkennen, ob es jemand ist, den ich kenne. Plötzlich prustet Elena los:»Das ist ein Bulle, du verrücktes Huhn. Schau mal genau, der hat eine Uniform an.«

Fuck. Fuck. Fuck. Scheiße. Fuck. Scheiße. So eine gottverdammte Oberscheiße.

Lieber Gott mach das er ein Stripper ist.

Ich klammere mich an den letzten Funken Hoffnung, doch als ich rechts ranfahre und mir den Kerl, der da aussteigt im Rückspiegel ansehe, revidiere ich das Stoßgebet und hoffe er möge sich nicht ausziehen.

Nervös nippe ich an dem XXL Prosecco, Elena starrt auf das glühende Teil zwischen ihren Fingern, als würde es ihr jeden Moment die Lottozahlen für die nächste Ziehung verraten.

»Wenn du ihn zum Fenster rausschmeißt, sind wir gearscht.«

In aller Ruhe wischt sie über das Display des Telefons, ihre Beine hängen immer noch nach draußen, genauso erlahmt wie ihr Kurzzeitgedächtnis.

»Ich steck mir den nicht in den Arsch! Bist du bescheuert?«

»Da versteckt man auch keine brennenden Joints, sondern weißes Pulver, du Genie.«

Keine fünf Schritte trennen den Bullen von meiner Karre, Elena schmeißt die brennende Tüte in ihre Aktentasche.

Lieber Gott mach dass der Kiwara geruchsblind ist.

»Führerschein und Zulassung bitte!«

Wortlos reiche ich ihm den Kram, versuche krampfhaft seriös zu wirken und nehme deshalb nicht mal den Gurt ab. Safety first.

»Frau Siffredi, Sie wissen wieso ich sie anhalte?«

Naja, rein theoretisch gäbe es viele Gründe. Mir scheint, als stelle er eine Fangfrage.

»Hab ich einen Telefonjoker?«

Seine linke Augenbraue zieht sich nach oben, für den Bruchteil eines Moments auch seine Mundwinkel. Und doch lässt er sich nicht aus der Fassung bringen.

»Nein. Aber wir können das Publikum befragen.«

Während ich nachdenke, was er damit gemeint hat, stolziert er zur Beifahrerseite und mustert Elena mit der Präzision eines Dschihadisten beim Anflug auf das World Trade Center.

»Es geht nicht um Sie, Frau Siffredi, sondern um die Dame neben Ihnen.«

Elenas Entspannung ist verflogen, ihre Füße stecken inzwischen wieder in Schuhen und auf dem Boden, ratlos schaut sie den Kerl an.»Krieg ich jetzt einen Strafzettel weil ich zu selten mit meinem Mann schlafe? Das soll wohl ein Witz sein. Es liegt nicht an mir, sondern an ihm.«

Lieber Gott im Himmel, mach dass der Stripper in Wahrheit ein Psychotherapeut ist.

»Sie haben während der Fahrt ihre Beine durchs Fenster gestreckt. Ist Ihnen eigentlich bewusst, was dabei alles passieren kann?«

Gut. Kein Seelenklemptner und nicht aus der Ruhe zu bringen.

»Ja und? Sind eh meine Haxen, was kümmert das die Polizei? Haben Sie nichts anderes zu tun?«

Seine Augenbraue wandert tatsächlich noch ein wenig weiter nach oben.

»Können Sie sich bitte ausweisen?«

Elena greift nach ihrer Aktentasche, ihre Finger wandern zu dem silbernen Verschluss.

Lieber Gott, bitte schick Gehirnzellen. Jetzt. Sofort.

Zeitgleich trifft uns beide die Erkenntnis, dass der Inhalt der Ledertasche vor sich hinbrennt, weil sich Misses ach so niveauvoll den Rest der illegalen Spaß-Tüte nicht zwischen die Arschbacken- sondern mitten in die Vorverträge für Finanzierungsanfragen gesteckt hat, die sich langsam aber sicher in Rauch auflösen.

Ärsche gehen nicht in Flammen auf. Im Gegensatz zu Kreditverträgen.

Wichtige Lektion auf dem Weg vom Kleinkriminellen zur Syndikatsspitze. Oder für einen oberintelligent wirkenden Post auf Facebook.

Elenas Hirn läuft langsam wieder; ich sehe ihr die Anspannung an, nervös als hätte sie einen abgetrennten menschlichen Kopf in der qualmenden Tasche versteckt; und tatsächlich - Prinzessin oberstoned und underfucked checkt auf einmal den Ernst der Lage.

Ungeöffnet stellt sie das Corpus delicti zurück auf den Boden:»Tut mir leid, aber ich kann mich leider nicht ausweisen.«

Ich atme tief durch.

Mister Arschloch tötet Elena mit seinem Blick, hält ihr einen Vortrag über die Gefahren abstehender Extremitäten aus fahrenden Fahrzeugen und verdonnert sie zu einer Geldstrafe.

»Wie bitte? Sie wollen dafür auch noch Kohle haben? So langsam wie meine Freundin fährt, hätte ich maximal einen blauen Fleck abbekommen, wenn ich irgendwo angeeckt wäre. Von wegen Freund und Helfer. Stasimethoden sind das.«

Lieber Gott, bitte mach dass sie sich beruhigt.

Mit einem Schlag ist das mulmige Gefühl im Bauch zurück, es brodelt als ob ich Mentos mit Cola light eingeschmissen hätte.

»Fünfunddreißig Euro um genau zu sein.«

Wenn Blicke töten könnten, würde der uniformierte I-Tüpfelchen Reiter in Flammen aufgehen. Wütend greift sie wieder an die Schnalle des Aktenkoffers und öffnet ihn. Panik kriecht in mir hoch und erreicht mein Hirn noch vor der Rauchwolke die mir entgegenkommt.

Ich reiße Elena das Teil aus den Händen, Sekunden später lösche ich die darin wuchernde Glut indem ich mitten rein reihere – verfluchter Sprudelwein, es würgt mich ununterbrochen, obwohl sich mein gesamter Mageninhalt bereits auf Elenas Papierkram, Schminkzeug und ihr Portemonnaie verteilt hat. Ich bekomme keine Luft mehr, kämpfe mit den Tränen, als sich der letzte Tintenfisch aus mir evakuiert. Die vollgereiherte Tasche stelle ich zurück zu ihrer Besitzerin, die mich zwei Sekunden besorgt mustert, um kurz darauf mit dem Bullen weiter zu verhandeln:»Mein Bargeld ist jetzt leider gerade gestorben. Gibt´s vielleicht eine andere Möglichkeit um das Problem aus der Welt zu schaffen?«

»Ist mit Ihnen alles in Ordnung?«

»Alles bestens. Das ist nur die Aufregung, weil ich zwei Kilo Marihuana im Kofferraum liegen habe und mir das Bier ausgegangen ist.»

Grinsend streckt er mir meine Papiere durch die Fensterscheibe :»Na dann werde ich Sie nicht länger aufhalten. Gute Besserung und angenehme Weiterfahrt.«

2.12.2015

Er wollte den Kontakt zu mir abbrechen; zu schmerzhaft sei es für ihn, dabei zusehen zu müssen, wie sich ein liebgewonnener Mensch selbst zerstört.

Seine Augen werden dabei glanzlos, es scheint, als starre er durch mich durch. Ich widerstehe dem ersten Impuls zu widersprechen, zu intensiv das Deja-vu. Wie oft habe ich das in den letzten Monaten gehört? Nicht nur von dem traurig aussehenden Mann, der ratlos vor mir sitzt und den Tränen nahe scheint.

Enge Wegbegleiter haben den gemeinsamen Pfad längst verlassen und mir den Rücken gekehrt, niemand könne tatenlos der destruktiven Macht zusehen, die von mir Besitz genommen hätte. Ist es tatsächlich die Talfahrt in Richtung Untergang, oder nichts anderes als der übermächtige Wunsch, mich nicht in alltäglicher Monotonie zu Tode zu langweilen?

»Du musst doch an»Später« denken«

Wozu? Gestern ist tot und morgen kann alles zu Ende sein. Leben passiert hier und jetzt – wenn der Weg schön ist, ist es doch belanglos wohin er führt. Niemand weiß, was die Zukunft bringt, es kommt mir vor, als würden alle auf bessere Zeiten warten. Sie werden aber nie besser, wenn man ständig in Sorge ist, was wohl die Nachbarn über einen denken. Scheiß drauf.

»Du bist doch bloß beziehungsunfähig weil du Angst davor hast, verletzt zu werden.«

Ich bin nicht unfähig. Nur unwillig. Wer will schon jeden Tag denselben Mann ficken?

Steck dir deine Discount-Hausfrauenpsychologie-Ratgeber Tipps sonst wohin. Du bist nicht weniger von Sehnsucht getrieben als ich, suhlst dich in deiner scheinheiligen moralischen Überlegenheit, die nicht mehr wert ist, als deine hohlen Phrasen.

Wer gibt dir das Recht dazu?

»Du verschwendest deine Zeit«

Wirklich? Vielleicht ist es aber genau umgekehrt? Worin liegt der Unterschied zwischen deiner und meiner Jagd nach Erfüllung?

Du hast vergessen wie sich Fallenlassen anfühlt, das Kribbeln im Bauch gegen Routine und Sicherheit eingetauscht. Wie lange ist es her, dass dein Herz vor Aufregung getanzt und dir einen Schauer über den Rücken gejagt hat? Kannst du dich noch an das Gefühl von Unsterblichkeit erinnern? Hast du dich jemals von einem Wildfremden ins Koma vögeln lassen? Kennst du den Rausch danach? Endorphin geflutetes Gehirn – und plötzlich knallst du lebendiger als ein verliebter Duracell-Hase durch die Straßen.

Kompromisslose Intensität anstelle vorhersehbarer Eintönigkeit. Lachende Gesichter unter endlos erscheinenden Sternenhimmel feiern sich selbst. So unberechenbar und losgelöst als ob es kein Morgen gäbe. Würde es jetzt enden, dann mit einem fetten Grinsen und funkelnder Aura.

Frustriert verbringst du Nacht für Nacht neben einer Person, der du einst Treue bis in den Tod versprochen hast. Mittlerweile wäre es dir egal ob dieser Jemand noch existiert, da ist kein Gefühl mehr. Schämst dich für den Gedanken; immerhin sind da ja noch die Kinder. Und die Hypothek.

Ansonsten wärst du doch schon längst verschwunden aus dieser luftleeren Verbindung mit jemand, der dir fremd geworden ist. Stattdessen flüchtest du dich in immer mehr Arbeit, versteckst dich dahinter. Das Wahren des Scheins als oberstes Ziel deiner Existenz?

Wer verschwendet hier seine Zeit?

25.12.2015

Heftig hämmernde Beats aus den turmhohen Boxen hinter mir. Wummernd bis in die Magengrube hinein, lassen den Herzschlag bis zum geht-nicht-mehr in die Höhe schnalzen.

Die bunten Pillen kitzeln bereits unter der Kopfhaut, es fröstelt mich, obwohl ich vor Hitze glühe und immer weiter tanze. Geblendet vom Stroboskop erscheint alles noch ein wenig schneller, unzählige zuckende Gestalten rund um mich herum. Kollektive Tanzwut greift um sich.

An den Turntables ein kleiner, dicker Typ mit Glatze, lässig mit Tschik im Mundwinkel. Völlig entspannt ist er der einzige in dem verrauchten Club, der sich nicht zu der auf Anschlag gedrehten Musik bewegt. Immer wieder wird sein riesiger Kopf von einem roten Scheinwerfer touchiert, als ob Satan plötzlich mit dampfendem Schädel vor einem erscheint, während er den DJ macht.

Neben mir ist ein Rudel Nachwuchsgangster am Abshaken, ich schätze sie auf U-20. Das zu dick aufgetragene»AXE« schafft es nicht den Welpengeruch zu überdecken, der an ihnen haftet.

Yummie.

Mein Kopfkino beginnt Amok zu laufen, ein bisschen Frischfleisch wär genau das Richtige.

Doch noch bevor ich zu sabbern beginne, rempelt mich jemand von hinten an und raunt mir über die Schulter:»Baby, was willste denn von den Kindern?«

»Wieso? Schau ich aus wie Michael Jackson?«

Mike drückt mir einen Drink in die Hand und zeigt Richtung Ausgang:»Nein, du hast ja noch eine Nase, aber die Gesichtsfarbe würde passen.«

Wir schieben uns durch die feiernde Menge nach draußen, eisig und sternenklar ist die Rauhnacht.

Der kleine Innenhof ist schwach beleuchtet, einige Betrunkene stehen vor dem Tor, rauchen und lachen, während eine kleine Blondine sich unweit entfernt die Seele aus dem Leib kotzt. Richtig romantisch. Hinter einem riesigen Christbaum steht eine Bierbank, auf die wir uns setzen. Mike kramt in seiner Jeans, zieht eine kleine Tüte heraus und grinst mich an:»Hast du mal Feuer, Kleines?«

»Nur Nutten lassen sich Feuer geben. Und klein bin ich auch nicht.«

Genüsslich inhaliere ich den süßen Qualm, als plötzlich ein Security Typ hinter dem Christbaum hervorschießt und uns streng mustert.

»Raucht ihr hier etwa Haschisch?«, empört zeigt er auf den Spliff den ich zwischen meinen Fingern halte.

»Nein, wir doch nicht«, entgegne ich brüskiert.

»Aber sicher doch. Ich kann es doch riechen.«

»Wir rauchen kein Hasch. Das ist Marihuana«, klinkt sich auch noch Mike in die Diskussion ein.

Während ich in einem Lachkrampf versinke, schaut sich der Uniformierte verstohlen um:»Kann ich auch mal kurz ziehen?«

Am nächsten Morgen werde ich durch das Klingeln der Türe recht unsanft geweckt, desorientiert suche ich nach meinem Telefon um die Uhrzeit zu checken. Doch statt des Handys liegt ein nackter Mensch neben mir im Bett, blinzelt mich an und liebkost meinen entblößten Hintern.

Wer zum Teufel ist das und wie kommt der in meine Animationskiste?

Seine Berührungen sind nichtsdestotrotz sehr angenehm, vorsichtig streichelt er mir über den Rücken, küsst meinen Nacken und schlingt seine Arme um mich. Ich lasse mich in seine Richtung ziehen, kuschle mich an ihn. Bemerke etwas Hartes, das von hinten gegen meine Oberschenkel drückt und fasse danach, als es zum zweiten Mal an der Türe klingelt. Fluchend lasse ich von ihm ab und stolpere beim Aufstehen beinahe über eine schwarze Uniform, die auf dem Boden liegt. Scheinbar ist der Fremde mit der Erektion der Security Kerl. Noch bevor ich meine eigenen Klamotten in dem Chaos des Schlafzimmers finden kann, läutet es zum dritten Mal. Zornig greife ich nach einem Handtuch, wickle es um mich und torkle durch den Vorraum um die verdammte Tür zu öffnen. Als ich aufmache und endlich sehe, wer den Radau verursacht, glaub ich endgültig dass mein Schwein pfeift.

»Alles Gute zum Jahrestag, Schatzi«, begrüßt mich Tim, der ein wenig blass aussieht.

Irritiert bitte ich ihn kurz zu warten, damit ich mir was anziehen kann und schlage ihm die Türe vor der Nase wieder zu.

Kaum habe ich mich umgedreht, kommt mir ein ebenso blass aussehender Mike in Unterhosen aus meinem Wohnzimmer entgegen.

»Guten Morgen, Babe. Gut geschlafen?«

Ich schüttle wortlos den Kopf und frage mich was gestern Nacht eigentlich so los war, als der zweite Kerl auf einmal nackt und offensichtlich immer noch sehr erregt aus dem Schlafzimmer kommt.

»Sag mal, hast du meine Boxershorts gesehen?«, verplant greift er nach seiner Uniform.

»Hey, du bist ja der Security vom Club?«

Mike ist sichtlich erfreut über den Nackten mit Latte, während ich kurz davor bin, schreiend aus dem Fenster zu springen und einfach davonzulaufen.

»Scheiße mein Freund steht vor der Tür.«

Die beiden brechen in schallendes Gelächter aus, schön wenn ich wenigstens unterhaltsam bin.

»Ich dachte du hättest keinen Freund?«

Dafür dass er nicht mal weiß, wo seine Unterhose ist, kann er sich erstaunlich gut an Details erinnern.

»Ich hab viele Freunde.«

Hektisch fummle ich eine Short und ein weißes Tanktop aus dem Kleiderschrank, ziehe mich an und bitte die Jungs im Wohnzimmer zu warten, bis ich die Sache mit Tim geklärt habe.

»Hi Tim, komm rein. Willst du Kaffee haben? Ich könnt wirklich einen gebrauchen.«

Er nickt verlegen, kommt zu mir, umarmt mich und wandert mit den Händen unter mein Top, als unerwartetes Gejauchze aus dem Nebenraum ihn innehalten lässt.

»Hast du etwa Besuch?«

»Ja, Kollegen aus der Steiermark sind übers Wochenende hier. Ich habe auch nicht viel Zeit deswegen.«

Ich nehme ihn an der Hand, ziehe ihn in die Küche, um zu vermeiden, dass er bemerkt welche Art von Besuch auf dem Sofa herumlümmelt. Beim Einschalten der Kaffeemaschine, schmiegt er sich an mich, packt mich an den Hüften und presst mir was gegen den Hintern.

Heilige Maria Mutter Gottes, ist heute Tag der Erektion?

»Tim, da sind Leute nebenan«, mit gespielter Empörung versuche ich ihn los zu werden.

»Dann solltest du versuchen, leise dabei zu sein«, tiefenentspannt zieht er mir die Short nach unten und presst mich über die Anrichte. Ich halte einen kurzen Augenblick dagegen, stemme mich mit einer Hand gegen die weißen Wandfliesen, um mit der anderen in der Lade nach einem Kondom zu fischen.

»Welche normale Frau hat Gummis in der Küche?«

»Gewinnbringender wär's sicher, wenn ich einen Automaten im Klo aufhängen würde«, antworte ich, bevor er sich das Teil übergestreift hat und mit einem Ruck in mich eindringt.

Ich widerstehe dem Impuls laut aufzuschreien nur sehr schwer, als er immer schneller wird. Mit einem Mal zieht er sich beinahe ganz aus mir zurück, hält mir den Mund zu, um sich eine Sekunde später ganz in mir zu versenken. Wie von Sinnen stöhne ich in seine Hand, die meine Laute verstummen lässt, meine Knie sind weich wie Watte und das Zittern meiner Beine zeigt, dass es nicht mehr lange dauert bevor ich das Gleichgewicht verliere. Tims Hände krallen sich fest um mich, ein letztes Mal stößt er zu, verliert die Beherrschung und schreit laut auf, als es ihm kommt.

Leider um eine Minute zu früh für mich, doch das neuerliche Gekicher aus dem Wohnzimmer dämpft mein Verlangen, es zu Ende zu bringen. Während er sich benommen auf die Eckbank fallen lässt, ziehe ich String und Hose wieder nach oben. Eine Tasse Kaffee später verspreche ich Tim, mich bei ihm zu melden, wimmle ihn ab und folge der Rauchschwade Richtung Couch.

Anscheinend hat Mister Security seine Boxershort gefunden, ich setze mich zu den zwei Halbnackten auf die Couch und klaue mir den brennenden Joint aus Mikes Hand.

»Also du bist wirklich die Schlimmste. Hast dich jetzt in der Küche vernaschen lassen?«

»Was bitteschön ist denn daran so schlimm? Und wie heißt du eigentlich?«

»Ich bin Georg, sehr erfreut dich kennenzulernen«, kichernd wie ein kleines Schulmädchen reicht er mir die Hand.

»Maja, freut mich auch sehr.«

»Mach dir nix draus Georg, das ist bei ihr ganz normal. Es wundert mich, dass sie nicht noch einen Mann im Kleiderschrank versteckt hat«, schmunzelnd krallt sich Mike das glühende Gerät von mir zurück.

»Was soll denn das bitte heißen? So schlimm wie du tust, bin ich auch nicht.«

»Nein, Kleines. Du bist viel Schlimmer. Schau dich mal an. Du siehst aus wie ein frisch durchgevögeltes Eichhörnchen.«

Georg fällt vor Lachen beinahe von der Couch:»Er hat Recht, Maja.«

»Ach ja? Habt ihr beiden heute schon mal in den Spiegel geschaut?«

»Zumindest hat keiner von uns mit einem hässlichen Rothaarigen aufm Klo rumgemacht«, kontert Mike gelassen.

»Welcher Rothaarige?«

Ich versuche mich zu konzentrieren, doch die immer noch nicht ganz abgeflachte Erregungskurve und die Nachwirkungen einiger fragwürdiger Substanzen, machen es unmöglich mich an die Geschichte zu erinnern.

»Ach was Baby? Hast du es schon verdrängt?«

»Wenn ich mich nicht daran erinnern kann, ist es auch niemals passiert. Und damit basta.«

Georg legt seinen Arm um meine Schultern und veralbert mich:»Oh doch, es ist passiert. Ich hab den Kerl danach aus dem Club geworfen.«

Wovon redet der Mensch da eigentlich?

»Naja eigentlich haben wir beide herumgemacht, als du angefangen hast dem Rothaarigen neben dir zwischen die Beine zu greifen«, versucht Mike meine Erinnerung aufzufrischen.

Und tatsächlich, plötzlich klingelt´s im ramponierten Schädel, langsam beginnt das Standbild im Oberstübchen Farbe anzunehmen. Rote Farbe.

»Ach du Scheiße, jetzt fällt mir alles wieder ein«, resigniert lasse ich meinen Kopf auf die Tischplatte fallen.

»Irgendwer hat gefragt ob der Typ wohl überall rote Haare hat«, raune ich Richtung Fertigteilparkettboden.

»Ja genau, Kleines. Und dreimal darfst du raten, wer gefragt hat.«

Insgeheim kenne ich die Antwort bereits, doch nur um vollkommen sicher zu gehen, hake ich noch einmal nach:»Wer hat gefragt?«

Mike beugt sich nach vorne, berührt mit seinen Lippen beinahe mein Ohr als er flüstert:»Na du, Maja, wer denn sonst?«

Ich bemerke, wie mir die Hitze in den Kopf steigt, der schätzungsweise die gleiche Farbe wie die Haare des Kerls von letzter Nacht annimmt. Mehr und mehr Einzelheiten bahnen sich ihren Weg aus dem drogeninduziertem Teilzeit Nirwana zurück in meinen Verstand.

»Mike, bitte sag, dass das alles nicht wahr ist.«

»Oh doch Baby, das ist es. Aber es kommt noch besser … Frag mal die Security.«

»Letzte Nocht, woar a schware Partie für di«, Georg scheint richtig gute Laune zu haben.

Für die Art von Gespräch bin ich eindeutig zu nüchtern, weswegen ich den Kopf wieder hebe um auf dem versifften Glastisch nach etwas Unterhaltung zu suchen, doch alles was ich entdecken kann sind einige Viagra-Pillen. Nein danke – ich bräuchte wohl eher ein Gegenmittel.

»Freut mich, wenn's so schön für dich ist«, genervt fauche ich in seine Richtung.

»Sei doch nicht gleich eingeschnappt. Als ich den Typ aus dem Club geworfen habe, ist er handgreiflich geworden, deswegen haben wir die Polizei gerufen und seine Personalien verlangt.«

»Schön, Georg. Ich will jetzt aber nicht deine Lebensgeschichte hören.«

»Schon gut, ich komm ja schon auf den Punkt. Also – was schätzt du, wie alt die Kröte gewesen ist?«

Mein Kopf sinkt wieder zu Tisch.

»Will ich das wissen?«

Lautes Grölen hinter mir, ich denke ich will es nicht wissen.

»Ach Kleines, halb so schlimm. Er war doch eh schon sechzehn.«

Ohne einen Ton zu sagen, stehe auf und schenke mir einen Schluck Wodka ein.

»Sonst noch jemand Durst?«

Georg und Mike sind immer noch mit Totlachen beschäftigt, es dauert zwei weitere Shots, bis sich zumindest einer der beiden soweit beruhigt um wieder normal reden zu können.

»Sieh´s doch mal positiv, Maja, heute in einem Jahr stehen dann vier Zufallsbumsbekanntschaften vor deiner Hütte um dir einen schönen Jahrestag zu wünschen.«

Der Schnaps wirkt, denn jetzt wiehern wir alle drei.

»Wisst ihr was das Traurige an der ganzen Sache ist, Jungs?« Ich lasse mich mitsamt der Flasche»Grey Goose« zwischen die beiden fallen, klemme sie mir zwischen die Beine, während meine Hände auf die Oberschenkel von Georg und Mike wandern.

»Ich kann mich nicht mehr daran erinnern, ob er wirklich überall dieselbe Haarfarbe hatte.« Beide Hände lass ich tiefer gleiten, solange bis ich in jeder was Hartes fühlen kann. Eigentlich eh praktisch, dass beide so wenig anhaben.

Mike erwischt mich am Hinterkopf, da ist nichts als purer Provokation in seinem musternden Blick, tief in meine Augen tauchend explodieren seine Pupillen. Die ansonsten stechend grünen Lichter verfinstern sich im Bruchteil einer Sekunde. Tiefschwarze Aura fesselt mich so sehr, dass ich Georgs Hände erst bemerke, als er mir das Top über den Kopf zieht. Mike lässt von mir ab, mustert mich wie ein Löwe die Antilope kurz vor dem endgültigem Knockout. Georg klatscht mir mit der flachen Hand auf den Arsch, mit einem Mal reißt es uns aus der Schockstarre zurück.

»Baby, alles halb so schlimm. Ich glaub wir bringen dich jetzt mal auf andere Gedanken.«

13.1.2016

Steffi´s süffisantes Grinsen spricht Bände, als sie mich im Nonnenfummel über die Treppe kommen sieht, Charly braucht eine Sekunde länger um denselben Gesichtsausdruck wie seine bessere Hälfte anzunehmen.

»Du als Nonne? Genauso gut könnten sie Mahatma Ghandi in einem Hitler-Kostüm zur Fastnacht schicken.«

»Seit wann weißt du, wer Ghandi ist, Mister Oberschlau? Haste letzte Nacht auf einem Geschichtsbuch geschlafen?«

»Nein. Aber auf´ner Frau mit Matura.«

Steffi verdreht ihre Augen und seufzt genervt:»Vergiss ihn. Männer eben. Bitte pass auf dich auf, da draußen sind genug Verrückte.«

»Aber was? Die wirklichen Irren sind alle noch hier drinnen. Lei-Lei ihr Narren«, gespielt entsetzt kralle ich mir Charlys Bier, wünsche den Beiden noch einen entspannten Gümpeli-Mittwoch und verschwinde Richtung Dorfdisko. Na dann wollen wir den Eidgenossen mal zeigen, wie wir die fünfte Jahreszeit in Villach feiern.

Wodka. Wodka. Noch mehr Wodka.

Filmriss …

Die ersten Sonnenstrahlen touchieren meine Augenlider, brennen wie Salz in einer frischen Wunde. Ich versuche mein Gesicht mit dem Handrücken vor dem Licht abzuschirmen, als wäre ich ein Vampir der jeden Moment zu Staub zerfallen könnte. Mein Kopf droht zu explodieren, außerdem ist es viel zu heiß hier. Apropos hier – wo bin ich eigentlich?

Weder die Bettwäsche, noch die Aussicht aus dem Fenster kommen mir bekannt vor. Auch wenn ich mich noch so sehr bemühe – ich habe absolut keine Ahnung in wessen Schlafzimmer ich bin und was gestern passiert ist. Da ich immer noch in der schwarzen Kutte stecke und nicht mal meine Schuhe ausgezogen habe, tippe ich auf ein recht katholisches Abendprogramm; auch wenn mir nicht ganz klar ist, wohin meine Unterwäsche verschwunden ist.

»Gott, ich werde nie wieder trinken.«

»Hoffentlich, Prinzessin.«

Erschrocken zucke ich zusammen, als plötzlich ein Kerl im Bademantel durch die offenstehende Tür geschossen kommt und sich neben mich aufs Bett fallen lässt. Wer ist denn er bitte? Ave Maria.

Insgeheim bin ich froh darüber, dass mich das alles nicht mehr schocken kann. Jesus liebt mich.

»Was heißt hier Prinzessin? Faschierter Pinguin triffts wohl eher.«

Der erste Versuch aufzustehen scheitert. Mir ist schwindelig. Ich setze mich wieder hin, und versuche mich auf einen Punkt zu konzentrieren, alles dreht sich.

Doch je länger ich auf das Zeigerblatt der Uhr starre, desto mehr breitet sich Unruhe in mir aus.

Ich muss hier raus. Jetzt sofort.

»Nein, Schätzchen. Du schaust wie Prinzessin Methamphetamin aus. Teufel noch mal, du warst letzte Nacht so bedient, als hätten sie dir K.O Tropfen ins Getränk gemischt.«

Seufzend drücke ich die Spitzen der Zeigefinger gegen meine wummernden Schläfen, zeichne kleine Kreise um den Kater zu besänftigen.

»Mir muss man nichts ins Getränk schmeißen. Einfach nur abwarten bis ich vom Barhocker falle. Dazu brauch ich ganz sicher keine Hilfe. Außerdem schmeißt man das Zeug nur jungen Frauen in den Drink.«

Der Unbekannte hat scheinbar Sinn für Humor, er bepisst sich beinahe vor Lachen.

Mir ist aber nicht nach Small Talk, ich muss unbedingt zurück zu Steffi und Chary, schließlich sollten wir um vier zu arbeiten beginnen. Auch wenn sich meine Motivation in Grenzen hält, ich will hier weg.

Tapfer unterdrücke ich den Brechreiz, kämpfe mich in die Senkrechte und greife nach meinem Mantel, der auf dem Schreibtisch gelandet ist.

»Wo willst du denn hin?«

»Ich muss arbeiten.«

»Warte doch noch einen Moment, dann bring ich dich zurück?«

Ich schüttle den Kopf:»Nein, ist schon ok. Ich denke ein wenig frische Luft könnte mir nicht schaden.«

Mister Bademantel erklärt mir noch den Weg, doch ich kann mich nicht gleichzeitig aufs nicht-übergeben und seine Worte konzentrieren. Ich winke ihm zum Abschied noch mal und verschwinde nach draußen.

Die Kälte brennt unbarmherzig in den Lungen, zumindest lenkt das von der Übelkeit ab. Ich bin mir nicht ganz sicher, wo genau ich hier gelandet bin, aber so groß ist die Stadt ja nicht. Entscheide mich nach rechts zu laufen, als ich plötzlich jemand durch ein Fenster rufen höre:»Du bist falsch, du musst in die andere Richtung laufen!«

Sehr fürsorglich der Kerl, auch wenn mir schleierhaft ist, woher er weiß, wo ich hin will.

Ich bedanke mich und folge seinem Ratschlag. Doch auch diese Seite der Straße kommt mir nicht mal annähernd bekannt vor. Außerdem nervt es mich, von Passanten angestarrt zu werden. Als ob die noch nie eine angesoffene Nonne bei Tageslicht gesichtet hätten.

Als ich am Ende der Straße ein Taxi stehen sehe, brülle ich vor Freude»Halleluja« und bete ein stilles»Vater unser«.

»Wo soll's denn hingehen?« Der arabisch aussehende Fahrer, stört sich kein bisschen an meiner desolaten Verfassung.

»In die alte Steigstraße, Ortsteil Bronschhofen, bitte.«

Er überlegt kurz, schaltet sein Navi ein und dreht sich auf meine Seite:»Das wird aber an die 200 Stutz kosten.«

Ich frage mich, ob ich grade richtig gehört habe.»Was? Wo zum Teufel bin ich hier?«

Der Fahrer tippt kurz auf dem Bildschirm des Navigationsgerätes und deutet darauf.

»Du bist am Bodensee, Schätzchen. Bronschhofen ist eine Stunde von hier entfernt«

Verwirrt schüttle ich den Kopf.»Aber wie bin ich hier hergekommen?«

»Das kann ich dir leider auch nicht verraten.«

Das Brummen hinter der Schläfe wird wieder lauter, ich habe weder 200 Franken für die Taxifahrt noch einen Rest an Guthaben auf dem Telefon um jemand anzurufen. Als hätte er meine Misere bemerkt, huscht Mister Albanien ein dreckiges Lächeln übers Gesicht:»Vielleicht fällt uns ja eine andere Lösung ein, um die Fahrt zu bezahlen.«

Echt jetzt? Es reicht noch nicht einmal für einen bitterbösen Blick, um dem Arschlochtaxifahrer mein Missfallen über sein Angebot zu demonstrieren.

Scheiß beknackter Dschihad-Wichser. Fick dich doch selbst.

Wie minderbemittelt muss man denn sein, um die Notlage einer offensichtlich beeinträchtigten Nonne ohne Schleier und Bargeld auszunutzen? Soll den Mistkerl doch der Teufel holen.

Vor Kälte zitternd erreiche ich schließlich die beheizte Wartehalle des Bahnhofs. Gott sei Dank, bin ich die einzige Person, die um die Zeit hier herumschleicht. Otto Normalverbraucher sitzt zu der Zeit im Büro, so wie es sich für anständige Bürger gehört.

Mit der anmutigen Eleganz eines nassen Putzfetzens klatsche ich auf eine der versifften Bänke, lasse meinen Kopf zwischen die Oberschenkel sinken und schließe die Augen. Verdammt. Es dreht sich immer noch.

Ich kralle meine Finger um die Armlehnen, verkrampft halte ich mich daran fest, als würde das Kopf-Karussell dadurch stehen bleiben. Tut es aber nicht. Plötzlich reißt mich eine Stimme zurück in die Wirklichkeit.»Verzeihen Sie, junge Frau. Aber man kann ihren Hintern sehen.«

Wo zum Teufel kommt denn die grauhaarige Schnalle auf einmal her?

Zutiefst erschrocken kotze ich der Anstandstante vor die Füße, wische mir mit dem Handrücken über die Mundwinkel und glotze sie verstört an:»Mein Arsch ist momentan das kleinste Problem. Hätten sie vielleicht einen Kaugummi für mich?«

Die alte Frau wirkt gefasst, als sie einen Schritt zur Seite macht, um nicht in mein Erbrochenes zu treten. Verständnisvoll lächelnd nimmt sie neben mir Platz, zieht eine Packung Fishermen Friends aus ihrer Tasche:»Sie kommen aus Kärnten?«

Ich verschlucke mich an einem der Zuckerl, ringe nach Luft. Sind sie zu stark, bist du zu dicht.

»Was hat mich verraten? Die vollgereiherten Schuhe, oder die Spermaflecken in meinen Haaren?«

Ich vergrabe den wummernden Schädel unter meinen Händen, grad so als ob ich dadurch unsichtbar würde. Plötzlich spüre ich eine Hand an meinem Rücken, flüchtiges Kribbeln über der Wirbelsäule.

»Eigentlich das Haider Bild auf ihrer Kutte«, mit einem breiten Grinsen streckt sie mir das Portrait in die zitternden Hände und verabschiedet sich als der Lautsprecher den einfahrenden Zug ankündigt.

Echt jetzt?

Welcher Komiker hat mir Jörg angepickt?

Schockiert über das Ausmaß an Pietätlosigkeit wanke ich in die Toilette. Nur um sicherzugehen, dass mir niemand ein Hakenkreuz auf die Stirn- oder einen Hitlerbart über die Oberlippe gemalt hat, checke ich mein Spiegelbild. Keine Nazisymbole zu erkennen – allerdings sehe ich aus, als würde ich direkt aus dem zweiten Weltkrieg kommen. Frisch und vital wie eine aufgequollene Wasserleiche.

Ich versuche mir das zerknitterte Bild des verstorbenen Kärnten Königs nochmal anzukleben, in der Hoffnung dadurch von meinem zerstörten Anblick abzulenken.

Allerdings werde ich abrupt von meinem Vorhaben abgelenkt, als mein Telefon klingelt.

Steffi klingt unentspannt:»Sag mal wo steckst du denn?«

Ich erzähle ihr von meiner misslichen Lage und bitte sie, mich abzuholen.

»Bleib wo du bist und lass dich nicht von fremden Kerlen anquatschen. Ich bin in einer Stunde bei dir. Übrigens sind wir fristlos gekündigt. «

Erleichtert schmeiße ich Jörg in den Mistkübel.

»Ich freu mich. Bis später.«

Immer noch der 13.1, einige Stunden später:

»Sie hat uns wegen einem nicht ausgeleerten Mistkübel gefeuert? Das ist nicht dein Ernst?«

Steffi sieht nicht aus, als ob sie scherzen würde.

»Die Alte ist doch deppert im Schädel. Sie hat uns heute Vormittag über Whatsapp terrorisiert, schau mal«, Steffi fährt den Wagen rechts ran, wischt über ihr Streichelhandy um mir den Chatverlauf zu zeigen. Fünfundzwanzig eingehende Nachrichten, wegen einer beschissenen Kleinigkeit. In der Zeit in der sie den Mist geschrieben hat, hätte sie den Müll selbst rausbringen können.

»Wenn die wüsste, was wir im Mitarbeiterraum getrieben haben …«, kichernd steigt sie aufs Gas, schießt aus der Parklücke zurück auf die Straße.

»Aber wieso bin ich gefeuert? Ich war doch gestern Abend nicht arbeiten?«

Steffis Miene verfinstert sich augenblicklich:»Aber du warst den halben Abend bei uns in der Bar.«

Für einen Kündigungsgrund scheint mir ihre Antwort nicht plausibel.»Ja, und?«

»Du hast einen völligen Filmriss, oder?«

»Von wegen Filmriss. Bei mir ist die ganze Videothek abgebrannt.«

Ich gebe mir Mühe, aber trotz aller Anstrengung schaffe ich es nicht, die vergangene Nacht auch nur ansatzweise zu rekonstruieren. Mehr als unzusammenhängende Standbilder kitzle ich nicht aus dem Unterbewusstsein.

»Will ich wirklich wissen was passiert ist?«

Blackouts passieren nicht umsonst, Unwissenheit ist ein Segen. Wer will sich zeitgleich mit Übelkeit UND schlechtem Gewissen herumschlagen?

»Du wolltest doch wissen, wieso du gefeuert worden bist?«

»Ach ja. Das hatte ich schon wieder vergessen. Schieß los, ich bin gespannt.«

Mit der Ungeduld und Vorfreude eines kleinen Kindes, das auf das Christkind wartet, höre ich Steffi zu. Amnesie kann so spannend sein!

»Du warst schon anständig paniert als du in die Bar gekommen bist. Daran kannst du dich auch nicht mehr erinnern?«

Doch. Jetzt wo sie es sagt, dringt die Szene aus der Versenkung. Begleitet von einem mulmigen Gefühl, dass die nahende Katastrophe ankündigt. Wie die Melodie beim weißen Hai – dingdingding dingding ding – kurz bevor man als Fischfutter endet.

Der selbstverliebte Fitnesstrottel mit seiner blonden Flamme. Tequila. Die angesoffene Herrenrunde neben uns. Noch mehr Tequila. Die Kellnerin, die mir sagt, dass ich nach Gras rieche. Der Waschbär, der mich am Klo durchgerammelt hat …

»Ich will es doch nicht wissen. Der Job war eh beschissen.«

»Du hast doch eh nur einen einzigen Tag in dem Laden geschafft.«

Als wären acht Stunden vergeudete Lebenszeit nicht dramatisch genug, bin ich für den Zirkus auch noch über sechshundert Kilometer angereist. Ob meine restlichen drei Franken für die Heimreise reichen?

»Ja. Und wenn ihr den Müll entsorgt hättet, wäre ich jetzt kein arbeitsloser Wirtschaftsflüchtling, der nicht mal mehr genug Geld für die Heimreise hat.«

Steffis Blick gleicht einem Warnschuss.»Du Irre bist arbeitslos, weil du dem Freund der Chefin unter der Theke einen geblasen hast.«

Ach ja. Jetzt fällt es mir wieder ein.

»Der Hawara war ihr Freund? Kein Wunder dass die so frustriert ist, hast du seinen Schwanz gesehen?«

Die Ampel vor uns schaltet auf rot, wir halten an. Steffi nutzt die Pause um sich die Fingerspitzen an die Schläfen zu drücken. Ob sie auch verkatert ist?

»Nein, Maja. Ich hab keine Bekanntschaft mit seinen Genitalien gemacht. Aber dank dir weiß der halbe Ort, dass das Teil winzig ist.«

»Ich verstehe nicht was du meinst?«

»Du hast dir den angespritzten Schleier vom Kopf gerissen und zum Abschied Goodbye Mister Minipimmel durchs ganze Lokal gerufen.«

Ich danke Gott, dass ich weit weg von zuhause bin.

»Wo ist der Schleier jetzt?«

Resigniert klatscht sich Steffi mit der flachen Hand auf die Stirn:»Sie schickt ihn dir sicher mit deiner Kündigung und der Arbeitsbescheinigung nach Österreich.«

Als ob man als Schwarzarbeiter Papiere kriegen würde. Fasching im Kopf?

2.2.2016

Und während Emma mit ihrer Familie den sechsten Geburtstag des mittleren Sohns feiert, martert mich die Frage, was zur Hölle ich hier eigentlich mache.

Andere Leute sind in dem Alter verheiratet, haben ein Haus gebaut, Bäume gepflanzt und mindestens ein Stück Nachwuchs produziert. Und ich?

Hab mehr Kilometer auf dem»Walk of Shame« zurückgelegt, als der Marathonläufer Haile Gebraisselasse jemals gelaufen ist.

Emma zündet die Kerzen auf der Torte an und singt mit dem Kinderrudel»Happy Birthday«, ich stehe vor dem Badezimmerspiegel und stemme mich mit aller Kraft gegen die sichtbaren Spuren, die die vergangene Nacht in meinem Gesicht hinterlassen hat. Tiefe, schwarzgraue Ränder zeichnen das Bild einer intensiven Phase unter meine Augen.

Hab doch irgendwo mal gelesen, dass Gurkenscheiben dagegen helfen sollten. Zwei Stück auf die müden Leuchter geklatscht und fünf Minuten später wird aus Christiane F. plötzlich Willi Dungl.

Oder?

Einen Versuch wär's wert.

Doch weder im Kühl- noch im Schuhschrank lässt sich eine Gurke finden. Nur um absolut auf Nummer Sicher zu gehen, schaue ich auch noch im Putzmittelkasten. Doch darin herrscht gähnende Leere.

Weder Seife, noch Gemüse.

Hmmm.

Ob der Pizzaservice auch Gurken liefert?

Luigi klingt angepisst, als ich ihn nach der Mindestbestellmenge frage. Er sei schließlich kein Gemüse- sondern ein Pizzalieferant. Ich solle mir die fünfzehn Kilogramm Gurken sonst wohin stecken. Warum diese Südländer auch immer so aggressiv sein müssen, das liegt sicher am Gluten. Von mir aus soll er sich doch zum Teufel scheren, Scheiß-verkackter-Pizza-Wichser.

Gibt schließlich noch andere Wege, um gesellschaftstauglich auszusehen. Scheiß auf Salat, ein Hoch auf psychoaktive Substanzen.

Nein, Gaddafi ist immer noch hier.

Wir trinken Tee und unterhalten uns.

Ja, wir müssen hier weg. Andernfalls werden die uns eines Tages finden.

Muammar lacht sich ins Fäustchen:»Sie werden dich nicht finden. Niemand wird dich finden. Du bist bei mir.«

Hansi Hölzel zeigt uns im Vorbeigehen den Stinkefinger, Gaddafi singt das Lied vom Kommissar, ich ringe nach Luft, um nicht umzukippen.

Der Schnee auf dem wir alle talwärts fahren, kennt heute jedes Kind.

Gaddafi tanzt.

Losgelöst, als ob es kein Morgen gäbe.

Mein Mund steht weit offen; staunender Versuch, treffende Worte für die Szene zu finden scheitert. Wie aus dem Nichts, taucht der Unbekannte im Kapuzenpulli neben mir auf, wortlos reicht er mir seine Hand, aus der ein kleines Päckchen in meine fällt.

Er sagt ich solle einfach den Mund auflassen. Ich tue, was er verlangt, widerstandslos lasse ich mir die bunten Pillen in den Rachen kippen.

Falco bleibt plötzlich stehen.

»Gut gehen muss es dir, Baby.«

Ich will tanzen.

Wer ist der Typ im Strache Shirt?

Ist es …?

Nein …?

Doch.

Jörg hat Sinn für Ironie. Das würde zumindest den blauen String erklären.

Aus sicherer Entfernung beobachte ich den abgedankten Landeshauptmann, Falco und Gaddafi beim Crack rauchen. Ob ich auch mal probieren sollte?

Haider schüttelt den Kopf, Muammar kniet vor ihm.

Einen Block weiter bringt Emma ihre Kinder ins Bett.

Und während Gaddafi den Bärentaler unter dem Mistelzweig hochbläst, flüstert mir Falco ins Ohr:»Komm mit mir ins Erdbeerland«

23·2·2016

Doch anstatt auch nur einen Funken an Normalität einzuschleusen, gerät es immer mehr außer Kontrolle. Und noch während man sich selbst davon überzeugt, es sei der Lauf der Dinge, kratzt ein Arschloch namens Gewissen an der bröckeligen Fassade.

Echt jetzt?

Will die Stimme im Kopf ignorieren, doch aus dem anfänglichen Flüstern ist ein Schreien geworden; zu schrill um auf Durchzug zu schalten. Überlebensdrang versus Selbstzerstörung.

Echt jetzt?

Runterspielen ist mindestens so effektiv, wie der Versuch es mithilfe chemischer Unterstützung beiseite zu schieben. So sinnvoll wie ein Brunch-Buffet bei der Afterhour. Zielführend geht anders, oder?

Leider ist auch die Gewissheit falsch zu liegen vollkommen bedeutungslos. Viel zu überwältigend die Gier. Gib mir mehr davon. Ich kriege nie genug.

Alles unter Kontrolle? Oder nichts anderes als der Spielball einer tot geschwiegenen Abhängigkeit? Zu schwach um es dir einzugestehen? Wo bist du jetzt? Gänsehaut. Herzrasen. Das Verlangen nach mehr. Alles durchdringende Hitzewelle. Keine Bedenken oder Zweifel mehr.

Leidenschaftliche Hingabe an den Endgegner – wenn schon spielen, dann mit vollem Einsatz. Du kriegst mich ja doch nicht, wetten?

25.2.2016

Ihr Lächeln haut mich um ein Haar um, als sie mir die Tür öffnet. Längst schon ist die Sonne hinter den Bergen verschwunden, die einzige Lichtquelle stammt aus dem Flur ihrer Wohnung. Lauras Grinsen zaubert auch mir augenblicklich eins ins Gesicht.

»Schön, dass du Zeit hast. Komm rein.«

Wir küssen uns flüchtig auf die Wangen, unschuldig wie ich es nie gewesen bin.

»Wo hast denn deine schlechtere Hälfte gelassen?«

Ich lasse mich auf die schwarze Ledercouch fallen, während sie ein Glas aus dem Schrank holt.

»Ach Maja, lass mich bloß mit dem Idioten in Ruhe. Alles Arschlöcher.«

Ich ziehe die kleine Tüte mit Northern Lights aus der Jean, ohne sie auch nur einen einzigen Moment aus den Augen zu lassen.

»Hab ich dir ja gesagt. Hast du zufällig Papers?«

Dort wo die weiße Spitze ihres Nachthemds aufhört, fängt Lauras Gänsehaut erst an, zieht sich über ihr Dekolleté, ihre Arme. Die langen Haare trägt sie offen, blonde Locken fallen ihr übers Gesicht, zeichnen die Konturen ihres Profils, in dessen Mitte blitzblaue Augen heraus stechen.

Als sie sich umdreht, um mir Wein und OCB zu holen, kann ich nicht anders und muss ihren Hintern anstarren. Wie eine zweite Haut schmiegt sich der Stoff um ihre perfekten Rundungen, wie ein Raubtier das Blut geleckt hat, verwandelt sich mein Unterbewusstsein in ein instinktgesteurtes Triebtäterdings.

Baby …

Barfuß fegt sie durch die Wohnung, sammelt die essentiellen Bestandteile eines gelungenen Abends ein, pflanzt sich neben mich und dreht Wanda auf Anschlag.

Entspannt, Zentimeter für Zentimeter lässt sie sich tiefer in die Kissen fallen, die systematisch angeordnet in der einzigen Ecke der Couch gestapelt herumliegen, einzig und allein die Augen, die immer noch wach den Überblick behalten.

Lauras Ruhe überträgt sich sekundenschnell auf mich, ich vergesse beinahe sie danach zu fragen, woher die zarte, weiße Staubschicht auf ihrem Glastisch kommt, ehe ich meinen Kopf auf ihren Körper fallen – und von ihr streicheln – lasse.

Vorsichtig zeichnen ihre Fingerspitzen die Konturen meines Gesichts nach, streifen lose Haarsträhnen nach hinten, mustert mich ausgiebig, sie senkt den Kopf, küsst mich.

Erst nur zaghaft, dann komme ich ihr entgegen, streichle über ihren Kopf, öffne meinen Mund. Wie Teenager, die´s zum ersten Mal machen, unbeholfen und dennoch geschickt heizen wir uns ein. Als meine Hände auf ihren Brüsten landen, werden ihre Augen mit einem Schlag tiefschwarz, die Pupillen explodieren, genauso wie ihre Nippel, die sich wie Radiergummi unter der Seide abzeichnen. Sie schieb ihr Nachthemd über die Schultern, ihre Zunge ist tief in meinem Mund, ihre Fingerspitzen unter meiner Bluse.

Ich drücke ihren perfekten Körper zu Boden, splitterfasernackt liegt sie auf dem Parkett. Kann mich gar nicht satt sehen an ihr, sie räkelt sich provokant, fickt mich mit ihrem Blick.

Wieso hat mir nie jemand gesagt, wie geil Frauen sind?

1.3.2016

Der Chefredakteurin gefällt´s, allerdings hat sie Bedenken wegen der Zensur. Sie wolle erst noch Rücksprache mit ihrem Anwalt halten und mir dann Bescheid geben.

Vor lauter Freude vergesse ich um ein Haar mich darüber aufzuregen, dass Arschlochkatze in meine Schuhe gepinkelt hat.

Allerdings hält die Euphorie nicht lange, eine halbe Stunde später meldet sich die Herausgeberin des Magazins noch mal bei mir. Der Jugendschutzbeauftragte halte die Darstellung sexueller Gewalt für problematisch, ob ich denn vielleicht einen anderen Text hätte. Ich spare mir die Frage, was der Jurist und sie von drogenverherrlichenden Gang-Bang-Storys halten, da ich mir die Antwort insgeheim schon denken kann.

Soll ich jetzt etwa über Kuschelsex schreiben? Wie pervers ist das denn bitte? Wer tut so was Abartiges?

Ich durchforste meine Festplatte nach einem passenderen Beitrag, werde natürlich nicht fündig und suche anschließend in meinen Kontakten nach jemand der mich rein zu Recherchezwecken durchvögelt.

Da die meisten die infrage kommen würden, die üble Angewohnheit haben, äußerst anhänglich zu werden, schiebe ich den Gedanken wieder beiseite und beschließe was gegen den bestialischen Gestank meiner Manolo Blahniks zu unternehmen. In die Waschmaschine kann ich die Dinger wohl nicht werfen.

Schmeiß die Fick-mich-Schuhe stattdessen in die Tonne vor

dem Haus, als ein roter Mustang die Einfahrt reingeschossen kommt, vor mir stehen bleibt, die Scheibe hinunterlässt und in meine Richtung quatscht.

»Ey Prinzessin, welche Richtung diese neue Club?«

Ich glaub mein Schwein pfeift.

Hinter dem Steuer des Wagens sitzt ein junger Kerl, schätze ihn auf Anfang zwanzig. Sein Trainingsanzug, die rumänische Nummerntafel und die Frage nach dem Puff legen die Vermutung nahe, dass es sich bei dem Vogel um einen Zuhälter handelt.

»Ey du Hosenscheißer, kein Geld mehr fürs Navi gehabt?«

Genervt will ich an ihm vorbei, als er den zweiten Anlauf startet.

»Warum du so böse sein mit mir, ich nur gefragt wollen um Weg.«

Ich verkneife mir den Hinweis, dass es vermutlich besser wäre zum Deutschkurs als in eine Hurenhütte zu fahren. Aber nur weil er so lieb dreinschaut.

»Wie kommst du auf die Idee, ich könnte wissen wo dieser Club ist?«

Es ist ja nicht so, dass ich mit tiefem Ausschnitt und Minirock vor die Tür gehe um den Müll rauszubringen; ganz im Gegenteil. Im Moment schaue ich eher aus wie ein Penner. Meine Haare sehen aus, als hätte ich ein Date mit einer nicht isolierten Starkstromleitung gehabt, der Nagellack ist zum Großteil abgebröckelt und meine Augenringe bilden einen super Kontrast zu den blutunterlaufenen Leuchtern aus denen ich ihn wütend anstarre. Hätte ich noch eine Dose Bier in der Hand, könnte ich mich bei RTL»Familien im Brennpunkt« bewerben; als Hauptdarstellerin für die nächsten zehn Jahre.

»Entschludigung junge Frau, habe gesehen die Schuhe du haben schmeißen in Kibel. Ich glauben diese schaut aus wie Nuttenschuhe und du vielleicht arbeiten in diese was ist Club.«

Großartig. Dank meinem Highheelinkontinenten Mistviech werde ich für eine Professionelle gehalten. So nicht. Nicht mit mir. Damit hat das Tier endgültig sein Kastrationsurteil unterschrieben.

»Gut kombiniert, Sherlock Holmes. Sonst noch was?«

»Du wieder seien böse mit mir, bitte ich wollen machen keine Ärger. Du nix arbeiten in diese was ist Club?«

Er sieht noch einen Tick niedlicher aus, mein Ärger ist beinahe verflogen und mir fällt die Sache mit der Recherche wieder ein.

»Nein. Ich bin eine ganz seriöse arbeitslose Arbeitslose. Nix ficki ficki in diese was ist Club.«

Das dürfte sogar er verstanden haben. Wahrscheinlich auch die geschätzt hundertdreißig Jahre alte Nachbarin, die uns vom Balkon aus belauscht und dabei so tut als würde sie ihre Blumen gießen, obwohl schon längst kein Wasser mehr aus der Gießkanne läuft.

Ein Lächeln huscht über sein Gesicht, für einen Puffsuchenden wirkt er relativ entspannt.

»Bitte, du mir sagen wohin? Diese scheiße was ist Handy Akku leer. Ohne Google maps fahren wie Depperter aber nix finden diese was ist Club.«

Sein Dackelblick wirkt.

»Weißt du was? Ich nix ficki ficki in diese was ist Club, aber wenn du willst ich machen ficki ficki mit dir in diese was ist Auto?«

Meiner Nachbarin fällt vor Entgeisterung fast das Gebiss aus dem offen stehenden Mund, während er mir die Türe öffnet und ich in seinen Wagen steige.

2.3.2016

Irgendwann komme ich in einem fremden Zimmer wieder zu mir, desorientiert und wundgevögelt versuche ich mich zu erinnern, vor allem weil der nackte Kerl neben mir es wert wäre, ihn nicht zu vergessen.

Brauche einige Minuten um mich in der Dunkelheit zurechtzufinden, die einzige Lichtquelle ist der Vollmond, der durchs offene Fenster auf die schlafende Gestalt mit Halberektion scheint. Wo zum Teufel bin ich hier? Wie spät ist es? Welches Jahr? Haben wir schon einen neuen Bundespräsidenten? War ich bei der Wahl?

Stapse über herumliegende Klamotten um einen Blick nach draußen zu werfen, und tatsächlich – schräg unter der blendenden Säufersonne steht das gottverdammte Riesenrad.

Wie zum Henker bin ich in den verfickten Prater gekommen?

Wollte doch nur den Müll rausbringen.

Danke liebes Arschlochkuscheltier.

Lautlos suche ich in dem Sauhaufen nach meinen Klamotten, muss hier dringend weg. Auch wenn ich ansonsten alles andere als eine Ständerverschwenderin bin, bin ich schlicht und einfach zu verwirrt, um den schlummernden Fickfrosch wachzublasen. Wer weiß, vielleicht ist er eine Niete im Bett?

Außerdem fühlt sich meine Zaubermaus an, als ob ich mich von einem ganzen Rudel gut bestückter Sportficker besteigen – und im Anschluss fisten lassen hätte. Knie so weich wie vergammelte Bananen, bekomme die Beine beim Gehen nicht zusammen weil die

Schwellung in der Mitte keine Reibung mehr verträgt. Als würde man einen hypersensiblen Krapfen zwischen den Beinen stecken haben.

Nicht mal Marko Anautovic läuft so breitbeinig. Vermutlich hat man auf seine Vagina mehr Rücksicht genommen.

Fluchtartig fische ich einige Kleidungsfetzen vom Boden, die passend erscheinen und schleiche mich hinaus. Doch anstatt dem erwarteten Vorraum einer Wohnung, stehe ich in dem hell beleuchteten Gang eines Hotels. Nackt.

Filmriss für Fortgeschrittene.

Hektisch schlüpfe ich in die geklaute Boxershort und das T-Shirt. Unterwäsche und Schuhe werden eh überbewertet. Genauso wie Bargeld und Handy.

Nichts wie weg hier.

Ich bin dabei mich zu beruhigen, als ich den Fahrstuhl erreiche. Im gleichen Moment, in dem der Herzschlag unter hundertachzig bpm fällt, sehe ich mein Spiegelbild in der Kabine des Aufzugs und befürchte jeden Moment einen Infarkt zu kriegen, wobei der Anblick nach einem Selfie für Facebook schreit.

Hashtag dieMetamorphosevomPennerzurpsychotischenVollgestörten – Spermaflecken auf der Short und ein XXL-Shirt mit der Aufschrift»Sex habe ich genug – das Leben fickt mich jeden Tag.«

Mit der Wucht einer Abrissbirne trifft mich die Erkenntnis, dass mich die Katze umbringen will, ich in Zukunft vorsichtiger recherchieren – und nie wieder Männersachen im Dunklen mitgehen lassen werde.

Außerdem frage ich mich, wieso mir der Laden so bekannt vorkommt, als ich im Erdgeschoss ankomme und durch die Lobby schlurfe. Kurz bevor ich den Ausgang erreiche, ohne vom Rezeptionisten bemerkt zu werden, kommt ein sehr vertraut wirkender Kerl aus der Toilette.

Geschockt gafft er mich an, ich starre zurück und plötzlich fällt der Vorhang:»Hi, Joey.«

»Babe … Oh mein Gott. Was ist mit dir passiert? Was tust du hier? Kaffee?«

»Tequilla wär mir lieber.«

Joey umarmt mich, leise flüstert er mir ins Ohr:»Wir gehen jetzt nach Hause.«

Schlittern durch den letzten Rest jener Nacht, immer weiter tief nach unten. Was soll´s?

Je größer der Dachschaden, desto schöner der Blick auf die Sterne.

Auch wenn der große, schwarze Mann neben mir in etwa weiß, was – und vor allem mit wem er es zuletzt getrieben hat. Im Gegensatz zu meiner dezent-gestörten Wenigkeit; ich hab immer noch keinen Plan wie ich es diesmal geschafft habe, über dreißig Kilometer vom eigentlichen Aufenthaltsort entfernt wieder zu Bewusstsein zu kommen. Geschweige denn, wo meine Schuhe, meine Unterwäsche, das letzte Geld und in etwa vierzig Millionen Gehirnzellen geblieben sind.

Wie auch immer. Ablenkung ist in dem Fall wohl die beste Strategie.»Joey, was hast du dort in dem Klo gemacht?«

Er schwenkt seinen Blick von der Seitenscheibe des fahrenden Taxis in meine Richtung:»Dreimal darfst raten, Kleines.«

Klingt nach einer Fangfrage.

»Hast dir einen runtergeholt?«

Der Taxifahrer macht eigenartige Geräusche; irgendwo zwischen Verschlucken und vor Schreck übergeben.

»Du bist so durchgeknallt, Maja.« Zärtlich streichelt Joey mit seinen Fingerspitzen über meine Schläfe.

»Ja. Ist aber auch keine Universalantwort. Wichsen schon, das zählt immer.«

»Ach ja?« Joey´s Unterarm umschlingt meine Taille, mit einem Ruck zieht er mich in seine Richtung. Kurz stockender Atem, als die aufgehende Sonne sein Gesicht streift, seine Pupillen auf stecknadelkopfgroß schrumpfen lässt.

Gottseidank schrumpft da sonst grade nichts.

Es kribbelt.

Wir küssen uns.

Lichtscheues Gesindel auf dem Rückzug.

10.3.2016

Du denkst du wärst vorbereitet genug, startest voller Euphorie und Tatendrang, immer mittendrin statt nur dabei. Mehr tanzend, als laufend fokussierst du das Ziel, auch wenn du oft abgelenkt wirkst.

Für den Bruchteil eines Augenblicks den roten Faden verloren und schon stolperst du über gestellte Beine einstiger Wegbegleiter. Noch während du auf die Schnauze fällst, vergisst du die Moral von der Geschichte. Was wäre der Kampf auch ohne Repeat-Taste? Programmierte Lernresistenz, oder die ganz große Kunst gezielten Vergessens?

Applaus. Applaus.

Du tauchst durch die Anerkennung, nutzt den Antrieb um voranzukommen. Motivierter Kämpfer, grinst solange, bis ein Querschläger völlig unerwartet auf deine Schläfe trifft. Knallst mit dem Schädel voraus zu Boden, es kracht ein wenig, bevor sich die dünne Spur aus Blut ihren Weg übers Gesicht bahnt. Rappelst dich zurück nach oben, lässt dich notdürftig wieder zusammenflicken und läufst voller Adrenalin weiter, wegen dem bisschen verletztsein gibt man doch nicht auf? Lächerlich.

Nichts wie rein und weitermachen.

Die tobende Menge schaukelt sich hoch, du verkriechst dich für einige Zeit in dir selbst, gut getarnt hinter dick aufgetragener Fassade. Niemand soll bemerken, wie sehr du wirklich getroffen bist.

Schlägst alle Warnungen in den Wind, aus Trotz schaltest du noch einen Gang höher, immer auf der Überholspur. Strampelst dich ab, verlierst zunehmend an Um- und Vorsicht, Tunnelblick einzig und allein aufs vermeintliche Glück gerichtet.

Gerade als es greifbar scheint, versagen deine Beine, die letzten Kraftreserven sind verbraucht, von Krämpfen gebeutelt bleibst du auf der Strecke liegen. Musst es ziehen lassen, solange bis die Akkus wieder geladen sind. Beutelst dir den Staub von den Schultern, stehst wieder auf und witterst deine Chance. Und die Jagd beginnt von vorne.

16·3·2016

Der ältere Herr am Empfang wirkt genauso unscheinbar, wie der Club von außen. Seine null-acht-fünfzehn Senioren-Frisur ist so schneeweiß wie die Pulverschicht auf dem Tresen. Und auch der Eingangsbereich haut mich jetzt nicht vom Hocker. Rot-gedämpftes Licht fällt aus unzähligen Spots auf ein schwarzes Stoffsofa, es riecht nach billigem Parfüm. Ich lege meinen Trenchcoat ab, unter dem ich außer einer transparenten schwarzen Bluse, Strapsen und High Heels nichts mehr anhabe. Auch Yves hat sich bis auf die Boxershort ausgezogen und gibt unsere Sachen dem Kerl, der sie mit einem fetten Grinsen in der Garderobe deponiert, ohne seinen Blick ein einziges Mal von meinen Brüsten abzuwenden.

Yves packt meine Hand und zieht mich die Treppe nach unten; ich dachte eigentlich, dass nur österreichische Männer ihre wesentlich jüngeren Frauen in einen Keller locken. Wieder was gelernt. Auch Franzosen bekommen dabei Ständer.

Und was für welche!

Kann meine Finger nicht von dem Kerl lassen, am Ende der Treppe angekommen, drücke ich mich gegen seinen Körper. Meine Hände streichen über die Beule seiner Short, wir küssen uns. Yves flüstert mir ins Ohr:»Du wirst heut noch genug Schwänze zu spüren bekommen.«

Dass sich seine Prophezeiung bewahrheiten wird, wird mir beim anschließenden Rundgang durch den Club bewusst. Abgesehen von einer kleinen Blondine, die sich auf einer der Spielwiesen von zwei Kerlen die Seele aus dem Leib ficken lässt, während an die zehn weiteren dabei wichsend zuschauen, bin ich wohl die einzige Frau hier.

»Na, du kleines Miststück? Hab ich zu viel versprochen?«

Diesmal sind es seine Hände, die tiefer wandern.

»Challenge accepted.«

»Ach ja? Dann solltest da drüben helfen.«

Yves deutet in Richtung der offensichtlich unterbeschäftigten Herren, denen meine Anwesenheit nicht entgangen ist und klatscht mir auf den Hintern.

»Was meinst du mit helfen? Soll ich denen eine gute Nacht-Geschichte vorlesen, wenn sie fertig sind?«

Ohne seine Antwort abzuwarten, stakse ich zu dem Haufen Schwanzträgern, knie mich auf den Fußboden und nehme dem ersten die Arbeit ab. Kaum habe ich sein Ding in der Hand, rückt der Mann neben ihm ein Stück weiter zu mir und hält mir seine Latte vors Gesicht. Ich habe den Wink mit dem Zaunpfahl verstanden und blase mich gerade warm, als er sich mit einem geniertgehauchten»Pardon Madame«, gerade noch rechtzeitig aus mir zurückzieht. Trotzdem erwischt mich die erste Ladung halb im Gesicht, halb auf den Haaren. Wozu hab ich mich heute noch mal geföhnt?

»Ist alles okay, Maja?«

Yves steht hinter mir, streichelt über meine Schultern.

»Mein Auge brennt ein wenig. Sonst ist super.«

Lachend stellt er eine Packung Kleenex neben mich, er hat das wohl kommen gesehen. Gerade als ich mir das Gröbste weggewischt habe, wedeln auch schon die Nächsten mit ihren Schwänzen vor mir herum. Zum Glück haben die anderen mehr Talent beim Zielen als der Erste, zumindest sollte an dem Abend nichts mehr ins Auge gehen.

Bei Nummer sieben höre ich auf zu zählen, habe aber langsam Angst eine Kiefersperre zu bekommen. Ich höre wie sich Yves mit einem der Männer unterhält, bevor er mich hochzieht, umarmt und küsst.

»Fick mich bitte, Yves.«

Unweit des quiekenden Blondchens, gehe ich auf der Gang-Bang-Matratze auf alle Viere, er kommt meiner Bitte nach und vögelt mich solange, bis ich dieselben Laute wie sie von mir gebe. Porno pur.

Ich bin kurz vorm Kommen, als er plötzlich innehält und dem jungen Kerl, mit dem er davor geredet hat, etwas zuraunt.

Noch ehe ich weiß, worum es grade geht, streift sich der Unbekannte ein Kondom über. Yves schnappt mich, spuckt auf meinen Arsch, schiebt mir erst seine Finger und anschließend seinen Schwanz in den Hintereingang.

Kaum hat er sich ganz in mir versenkt, werde ich von ihm auf den Rücken gedreht. Er liegt nun unter mir und drückt meine Oberschenkel ein wenig auseinander. Gerade soweit um seinen neuen Kumpel, der vor mir steht und meine Brüste knetet, auch noch Platz zu machen. Vorsichtig schiebt er sich zwischen meine Beine, quälend langsam setzt er die Spitze seines Riesendings an. Zentimeter um Zentimeter taucht er weiter in mich.

Boom.

Jetzt bin eindeutig ich diejenige, die am lautesten winselt.

Die Geräuschkulisse kickt zusätzlich zu den zwei Männern in mir, die mich in den Wahnsinn vögeln und mir erst eine Verschnaufpause gönnen, als ich kurz vorm Kapitulieren bin. Allerdings sehen die Beiden auch sehr mitgenommen aus, dafür dass sie im Gegensatz zu mir nur einmal abgespritzt haben.

Mit zitternden Beinen wackeln wir zu den Duschen, ein schwarzer Gott mit langen Rastas kommt die Treppe nach unten geschlendert und unterhält sich dabei angeregt mit dem Typen vom Empfang.

Gott ist der geil.

Mir bleibt bei dem Anblick der Mund offen stehen, als die Reinkarnation von Bob Marley auch noch in meine Richtung lächelt, haut es mich um ein Haar um.

Yves schlingt seinen Arm um meine Taille:»Maja, du kleine Schlampe, wen von den Beiden willst du zum Nachtisch?«

»Schokolade, bitte.«

Nach dem doch recht fordernden Warm up brauch ich dringend was zu trinken. Da Yves dreimal so lange zum Duschen braucht, wie ein vollbesetzter Autobus mit »GermanysnextTopmodels», mache ich mich alleine auf dem Weg zur Theke.

Mittlerweile ist der Laden gut gefüllt, zwar geistern nach wie vor mehr Kerle als Frauen herum, aber das zum Großteil junge Publikum macht ziemlich was her. Das Pärchen neben mir am Tresen sieht zum Anbeißen aus; er hat einen Hauch von Moritz Bleibtreu in den Neunzigern. Sie ist keine fünfundzwanzig, erinnert mich an Kat Dennings.

Dunkelbraune Haare bis zu den Hüften, Augen so schwarz wie die Abgründe, die sich in mir bei dem Anblick auftun.

Apropos schwarz? Wo ist denn der Rasta-Mensch hin verschwunden?

Suchend lasse ich meinen Blick durch die Bar wandern, als ich plötzlich hinter mir was spüre, bevor ich es einordnen kann, raunt mir ein»Bon Jour« über die Schulter.

Volltreffer. Der Nachtisch. Schokolade.

»Hi«.

Er fragt mich, wo mein Freund sei. Ich antworte, ich hätte viele Freunde. Wir lachen. Ob ich mit ihm wohl Champagner trinken möchte. Wenn ich ehrlich bin, wär mir Bier lieber. Wir lachen.

Plötzlich lacht auch Yves.

Wir amüsieren uns, auch wenn das Bier der Franzosen zum Kotzen ist; wahrscheinlich sind sie deshalb alle so scharf auf Champagner. Mister Marley Junior heißt in Wirklichkeit Jean; er hat den Körper eines Usain Bolts′ – definierte, starke Arme und einen ebensolchen Torso. Seine Dreads reichen bis unter die dunkelbraunen Nippel. Außerdem ist er riesig, ich mag es, zu jemand aufsehen zu müssen.

Unauffällig versuche ich herauszubekommen, ob alles an ihm so groß ist, aber seine nicht allzu enge Boxershorts lässt leider keine Schätzung zu.

Yves bemerkt meinen fragenden Blick:»Du bist unmöglich! Wie viel Selbstbeherrschung hast du schon verbraucht, um ihn nicht gleich an der Theke zu vernaschen?«

»Was ist Selbstbeherrschung?«

Minuten später finde ich mich selbst auf allen Vieren in einem der Animationsräume wieder. Bedauerlicherweise ist nicht alles so mächtig an Jean, wie sein Körperbau. Er scheint meine Enttäuschung zu bemerken:»Don´t worry Babe. Will get bigger in a while.«

Na dann bin ich ja beruhigt. Wobei mir kleine Schwänze beim Lutschen eh lieber sind; da droht zumindest keine Erstickungsgefahr.

Yves umklammert mich an den Hüften, dringt mit einem einzigen Stoß ganz in mich ein, meine Erregungskurve schnellt genauso steil nach oben, wie der schwarze Kolben vor meinem Gesicht. Jean sollte Recht behalten, als ich daran zu saugen beginne, legt er noch mal einiges an Umfang zu.

Wär mein Mund nicht voll, würde ich ihn fragen wollen, wo er denn den plötzlich her hat.

Die beiden ficken mich an den Rand der Besinnungslosigkeit, innerhalb weniger Augenblicke, sind wir umringt von Zusehern. Neben uns taucht das attraktive Pärchen von vorhin auf, das das Schauspiel anscheinend auch sehr inspirierend findet.

Im Handumdrehen ist die Kleine ihr Höschen los und lässt sich unweit von uns flachgelegen. Ihren Lauten zufolge ist das Moritz Bleibtreu-Double, das sie in der Missionarsstellung durchrammelt, gut in dem, was er macht.

So romantisch. Könnte vielleicht irgendwer eine Kerze anzünden?

Ich hab leider keine Hand mehr frei. Mit einer stütze ich mich ab, während ich mit der freien einen der Zuseher bediene. Jeans Finger graben sich in meinen Hinterkopf, sachte packt er zu, schaltet einen Gang rauf. Wie einen Ping-Pong Ball spielen mich die drei hin und her, rhythmischer Höhenflug mit völligem Kontrollverlust.

Mein Kopf singt»Jihaa!«, alles was ich noch sehen kann, ist Jeans Bauchnabel, alles was ich noch fühle ist ekstatisches Zittern.

Sacke benommen in starke Arme und frage mich welcher Trottel schon wieder in meine Haare gewichst hat.

1·5·2016

Viel zu schnell ist die Nacht vorbei, so wie immer wenn man sie mit dem richtigen Menschen verbringt. Ich spüre seine Arme um mich, wünschte jemand könnte die Zeit anhalten.

Bin spät dran, die hektische Suche nach einem Slip verläuft im Sand, Zeit für´n Frühstücksfick ist Wunschdenken. Ich muss unbedingt zurück nach Hause, zehntausend unerledigte Dinge lassen mich wie ein aufgescheuchtes Huhn durch die Stadt hetzen. Hoffe den Zug noch zu erwischen.

Seelenlose Betonbunker speichern die Hitze und schmeißen sie mit doppelter Intensität zurück, insgeheim bin ich dann doch froh, unter dem Fick-mich-Fummel nicht auch noch Unterwäsche tragen zu müssen.

Allerdings scheint auch der Board-Service Mensch meine zentrierte Air-Condition für ganz Arme zu bemerken, als ich für einen Moment einschlafe und mir das Kleid nach oben rutscht. Seiner Gesichtsentgleisung zufolge hat er heute noch keine Muschi gesehen; abgesehen von meiner. Beiße mir auf die Zunge, um nicht laut zu denken, grinse ihn stattdessen dreckig an.

Sein Teint wechselt von Junkie auf Nothammer, gespieltbeschäftigt läuft er an mir vorbei.

Hab beinahe vergessen, wie lustig Exhibitionismus ist.

Schlafe mit einem Lächeln im Gesicht ein, immer wieder rauschen Bildfetzen vergangener Nacht durch den Kopf. Träume von seinen Händen auf und seinem Schwanz in mir. Masturbieren wäre schön. Masturbieren lassen schöner.

Erwache, als der Zug bremst. Desorientiert und fickerig schau ich in tiefschwarze Augen, die mich von der gegenüberliegenden Seite des Abteils mustern.

Wo kommt denn das Schnucki auf einmal her?

Dich schickt der Himmel, Baby.

Sein oranges Shirt spannt an den richtigen Stellen, was man von seiner Jeans leider nicht behaupten kann. Die schulterlangen Haare schauen noch verstörter als meine eigenen aus. Als wäre das Chaos aus dem Gehirn ins Umland geflohen um dort eine Revolution anzuzetteln.

Schnucki sieht verlegen zur Seite, als er meine Blicke bemerkt.

Ich mag es, wenn sie so schüchtern sind. Das sind oft die irrsten Freaks im Bett.

Gott sei Dank kühlt die Klimaanlage den Wagon auf knapp über dem Gefrierpunkt, ansonsten würd ich mein Gegenüber wohl auf der Stelle bespringen – Kopfkino in HD kickt mich noch einen Tick höher, als ich es ohnehin schon bin.

Wie sein Schwanz wohl aussieht? Wie er sich anfühlt, ob er hart fickt oder doch eher zärtlich?

Als hätte er meine Gedanken gehört, dreht er sich plötzlich in meine Richtung, starrt mir in die Augen, legt mich mit Blicken flach. Und es sind nicht die von der zärtlichen Sorte. Ganz im Gegenteil.

Kann mal jemand die Klima einen Gang höher schalten?

20.5.2016

Wie aus dem Nichts taucht das Prunkstück der Evolution vor mir auf, mustert mich und auf einmal ist da etwas. Unerklärlich. Unsichtbar, für die meisten. Und doch spürbar.

Weniger intensiv als vergangene Strohfeuer, doch die Spannung lässt sich nicht leugnen.

Provokante Blicke steigern sich, keiner will der Erste sein, der einknickt. Wie hypnotisiert lasse ich mich in seinen Bann ziehen. Seine Augen funkeln so kalt wie Eiskristalle, es fröstelt mich trotz der Hitze. Als hätte man beim Roulette alles auf Zahl gesetzt, weil man fühlt, dass es richtig ist. Herzrasen, kurz bevor die Kugel zum Stillstand kommt, obwohl man genau weiß, wo.

Rien ne va plus.

Einen Atemzug lang steht die Zeit still.

Synapsenfeurwerk unterbricht die friedliche Stille, ich ertrinke in Verlangen, kann seinem Blick nicht länger standhalten.

Wie beiläufig streift er meinen Arm, lächelnd öffnet er die Flasche Wasser und schenkt uns ein.

»Ist es dir nicht zu heiß hier draußen?«

Seine Stimme treibt mir die Gänsehaut über den Rücken; unfähig auch nur eine Silbe zu antworten, lege ich meine Hand auf seinen Oberschenkel und meinen Kopf auf seine Schulter. Langsam, aber sicher entkrampft jeder einzelne Muskel, ich kann sein Herz schlagen hören.

Wann hab ich mich zum letzten Mal jemand so nahe gefühlt?

Wir starren eine Weile wortlos in den Himmel, es kribbelt wie verrückt, gleichgültig wie sehr ich mich auf die Schwalben über uns konzentriere. Egal wie hoch ich die Mauern gezogen habe, diesmal fährt die Welle direkt dorthin wo´s wehtun könnte.

Ganz ohne Tricks und Spielereien.

Mir stockt der Atem, er sieht mich an, als wüsste er Bescheid.

Vorsichtig zieht er mich an sich, küsst mich.

Ich falle ins Bodenlose, mühelos durchbricht der Fremde alle Schranken, schaltet sämtliche Warnsysteme auf Stand by.

Wundere mich noch, wieso mein Brustkorb nicht explodiert, während er mir das Kleid auszieht.

Küssen uns wie verlegene Teenager, kurz vorm ersten Mal.

Will ihn ficken.

Nein. Will ihn spüren.

Liegen engumschlungen auf der Hängematte, seine Lippen an meinem Hals, blinzle in die Sonne und konzentriere mich ganz auf seine Berührungen. Kreisende Fingerspitzen, weniger als einen Millimeter von meiner Haut entfernt, bahnen sich ihren Weg. Vorsichtig kratzt er über meine Knie, weiter zu den Innenseiten der Oberschenkel. Hält inne, lauscht meinem lauter werdenden Atem.

Wie auf Knopfdruck schiebt sich mein Becken nach oben, instinktives Betteln um einen Fick, übermächtiges Verlangen beherrscht den Geist.

Dirigiere seine Hand mit meiner dorthin wo´s dringend ist. Zeig ihm wie.

Ich zittere am ganzen Körper, unkontrollierbares Zucken lässt die nahende Explosion erahnen. Wie die Vorstufe eines epileptischen Anfalls.

Völlig unerwartet wandern seine Finger zurück nach oben, streicheln mir Haarsträhnen aus dem Gesicht. Mister Casanova scheint Lust auf Spielchen zu haben.

Alles in mir schreit nach Vereinigung, immer schneller drücke ich mich gegen seine ausgebeulte Jeans, fummle hektisch an dem verfluchten Reißverschluss herum, schaffe es nicht das harte Teil raus zu holen.

»Scheiß Kindersicherung.«

»Wer wird denn gleich Fluchen, Schätzchen?«

Tiefenentspannt schwingt er sich von der Hängematte, lässt die Hosen runter, gönnt seiner Erektion Frischluft und grinst mich dreckig an.

So nicht. Nicht mit mir.

Versuche genauso elegant aus dem schaukelndem Ding zu kommen wie Mister Lover Lover, verliere allerdings das Gleichgewicht und falle dabei beinahe auf die Fresse.

Als hätte er es kommen sehen, fängt mich Mister Oberständer auf.»Vielleicht solltest du besser liegen bleiben und dich einfach entspannen«, amüsiert und doch bestimmt flüstert er mir zu.

»Fick mich, bitte.« Ich sinke auf die Knie, zeichne über die Konturen seiner Leisten, packe ihn am Arsch, ziehe ihn an mich und öffne den Mund.

3.6.2016

Jeder einzelne Schritt schmerzt, aber ich würde mir eher die Schneidezähne schwarz anmalen, als mit Krücken bei ihm aufzutauchen. Raubtiere lassen sich Wunden niemals anmerken, lieber nichtschwarz-angemalte Zähne zusammen beißen als verletzlich erscheinen. Das könnte Kopf und Kragen kosten.

Vom Gin betäubt gelingt es, unhumpelnd über die Treppe nach oben zu gelangen.

Alex grinst belustigt.

»Lachst wohl gerne über Behinderte?«

Gespielt entrüstet fische ich nach seinem Drink.

»Eigentlich lache ich wegen deiner Eitelkeit.«

»Sagt der Kerl im rosaroten String-Tanga. Wieso steht auf deiner Unterhose eigentlich Olaf? Klaust du die Dinger?«

»Sicher sind die gestohlen. Irgendwo muss man schließlich sparen.«

Mister String-Tanga holt eine Flasche Champagner aus der Küche während ich mich ausziehe und in die Sonne lege, die für diese Jahreszeit ganz schön heftig vom Himmel knallt.

Er fragt, ob ich hungrig sei. Ich schiebe seinen rosa String zur Seite – und den dahinter versteckten Schwanz in meinen Mund.

Aber eigentlich ist das nichts zum Essen.

Öffne die Augen und bemerke beim Blick nach oben die Überraschung in seinem Gesicht.

Sekunden später kippt mir die Kinnlade nach unten, der

kleine Prinz namens Olaf rutscht mir durch den Lippen nach draußen.»Sag mal, ist das ein Schneeadler hinter dir?«

Mit der Coolness eines James Dean zündet Alex sich eine Zigarre an, dreht sich um und lässt dicke Rauchschwaden in den dämmernden Himmel steigen, während seine Erektion punktgenau auf den Grund meiner Verwirrung zeigt.

»Guten Morgen Schuhu!« Unbeeindruckt springt der Riesenvogel hinter eine Mauer, verschwindet genauso schnell aus meinem Blickfeld, wie er gekommen war. Ist das ein Flashback oder hab ich heute versehentlich halluzinogene Substanzen konsumiert?

Vermutlich ist es die Höhenluft im Burgenland, die meinem Verstand einen Streich spielt.

»Ich sollte wirklich aufhören zu trinken.« Ich starre regungslos über die Hecke, als plötzlich was Rosafarbenes an mir vorbeifliegt und in meinem Glas landet.

Jetzt schießt der Verrückte auch noch Tangas durch die Gegend. Alex lehnt sich paffend an die Mauer, ich fische das Wurfgeschoss aus meinem Champagner und ziele damit auf ihn.

»Du wirfst wie ein Mädchen«, tiefenentspannt weicht der nackte Kerl seiner vorbeifliegenden Unterwäsche aus, die Sekunden später gegen die vergitterte Wand des Nachbargebäudes knallt, hinter der auf einmal wieder der weiße Vogel auftaucht.

Ich hätte die Psychopharmaka nicht so abrupt absetzen dürfen.

»Sieht man bei einem Delirium tremens üblicherweise nicht weiße Mäuse?«

Alex kratzt sich nachdenklich am Kopf:»Nagetiere sind was für Amateure, Schätzchen. Schneeeulen sind der Rolls Royce unter den entzugsbedingten Albino-Halluzinationen«

»Du musst es ja wissen. Immerhin hast du bereits maturiert, als Hitler einmarschiert ist.«

Keine drei Sekunden später werde ich recht unsanft auf den Holztisch gedrückt.»Du bist ziemlich frech für eine behinderte Irre«

Alex′ Versuch mich auf dem Holztisch flach zu legen scheitert kläglich, als ich bemerke, dass uns jemand zusieht. Meine Erregungskurve sackt entschlossener in den Keller als Josef Fritzl vor seiner Inhaftierung. Es fühlt sich pervers an von einem voyeuristischen Uhu beim Ficken beobachtet zu werden. Sogar in meiner Welt.

Alex entgeht mein Unbehagen keineswegs, er nimmt mich an der Hand und zieht mich nach drinnen, um das angefangene Schäferstündchen zu einem Ende zu bringen.

Alex´ erlöst klingendem Stoßseufzer folgt ein wütender Aufschrei von draußen. Im nächsten Moment knallt etwas von draußen gegen eines der Fenster. Als würde nasser Stoff auf Glas geklatscht. Ich tippe mal auf Olafs Tanga.

Verängstigt und vollgewichst klammere ich mich an ein Bein, immer lauter wird das Gebrüll jenseits der Terrassentür.

»Mach dir keine Sorgen, der Nachbar hat grad seine fünf Minuten.« Er löst sich aus meiner Umarmung um die Türe einen Spalt weiter zu öffnen.

»Was will denn die Arschgeige jetzt schon wieder?«, genervt schiebt Alex sich nach draußen, um die Lage zu sondieren. Sein Schwanz steht nach wie vor kerzengerade in die Höhe als er dem Schreihals über den Gartenzaun zuwinkt.

»Meine Verehrung, Herr Nachbar. Warum so unentspannt?«

Versteckt hinter einem der Vorhänge belausche ich das Gespräch.

»Geh scheißen, du Koffer.«

Der klingt ja wirklich nicht sehr ausgeglichen. Ich versuche einen Blick auf den Schreihals zu werfen, ziehe den Vorhang zur Seite, doch alles was ich erkennen kann ist Alex nackter Arsch, den er wackelnd über die Grenzmauer streckt.

»Du tickst ja nicht ganz richtig, perverser Volltrottel du.«

Alex dreht dem Kerl wieder seine Vorderseite zu:»Dafür treibts deine Alte so gern mit mir. Die mag das.«

»Ich hau dir gleich eine rein, du Arsch« Das wütendes Geplärre des Gehörnten wandelt sich in hysterisches Kreischen.

»Wünsche dir auch noch ein schönes Wochenende. Grüß die Frau Gattin schön von mir. Falls du sie mal treffen solltest.«

Als wäre nichts gewesen stolziert Alex zurück ins Haus, köpft die nächste Flasche Dom Perignon und nimmt neben mir am Fußboden Platz.

»Was zum Teufel war denn das?« Fassungslos schüttle ich den Kopf.

»Der zuckt immer aus, wenn er meine Unterhosen auf seinem Grundstück findet. Ich mach doch auch kein Theater wenn seine Frau ihre BHs hier liegen lässt.«

»Kann ich was Stärkeres zu trinken haben, Alex?«

»Aber sicher doch, Schätzchen. Hat dich der Trottel so erschreckt?«

»Nein, aber ich finde die Art von Blind Dates gehört anständig gefeiert.«

4.6.2016

Wie lange ich wohl geschlafen habe? Orientierungslos und ohne jedes Zeitgefühl stolpere ich hinter Alex die Treppe nach unten.

Wieso laufen wir denn? Ist der Krieg ausgebrochen? Oder haben wir das ganze Bier weggesoffen? Kann mich weder an uniformierte Russen im Wohnzimmer, noch an einen alkoholischen Engpass erinnern.

Ist die Polizei hinter mir her?

Alex öffnet die Türe des Wagens so hektisch wie ein Ironman in der Wechselzone; scheint als wäre es diesmal tatsächlich was Gröberes. Wieso sonst sollte er wie bekloppt auf der Fernbedienung für die Garagentür herumdrücken.

Im selben Moment, in dem das Sonnenlicht durch den breiter werdenden Spalt nach innen drängt, schießt der Tierarzt die Karre tief aus der Versenkung nach draußen. Auf den Millimeter genau erwischt er die passende Lücke, um das Weite zu suchen.

Überrascht und unschlüssig was seine Vehemenz ausgelöst hat, lasse ich den Blick umher schweifen, ehe ich durch einen lauten Knall zurück in die Gegenwart gerissen werde. Schuhus Herrchen steht mit einer Schrotflinte am Gartenzaun, feuert ab und zu einen Schuss ab während er an seinem Schwechater nippt.

»Der hat sie doch nicht mehr alle?« Entgeistert starre ich den Irren im Vorbeifahren an, unschlüssig ob ich das noch lustig finden soll.

»Kopf runter!«

Alex brüllt wie ein Irrer nach hinten. Ich tue was er verlangt, als kurz darauf die Fensterscheibe in tausende Splitter zerspringt. Hat der Gestörte jetzt tatsächlich auf uns geschossen?

Der Tachometer schnalzt mit derselben Rasanz wie mein Puls nach oben, hätte ich doch schon früher geahnt, wie aufregend das Burgenland ist, wäre ich niemals ins Ausland zum Urlaub gefahren. Wer braucht schon französische Swingerclubs bei dem Alternativprogramm?

Allerdings verharre ich nach wie vor in der Schockstarre, wage es nicht, den Kopf auch nur um einen einzigen Millimeter zu bewegen. Wir rasen über einen schmalen Schotterweg mitten in die Botanik. Routiniert steuert der Tierarzt den Pfad nach oben, als sich der Weg plötzlich teilt, verliert der alte Benz an Tempo. Bis er mitten an der Gabelung still steht. Alex konzentrierter Blick schwenkt einmal hin und her. Einen Atemzug später springt er aus dem Wagen, zwei hastende Schritte nach hinten. Was hat er da aus dem Kofferraum geholt?

»Das ist eine Knarre, oder?«

Ich bin ein wenig verunsichert was ich mit dem sperrigen Teil soll.

»Nur ein Betäubungsgewehr, Schätzchen. Wir lassen uns schließlich nicht verarschen, oder?«

Langsam schiebt er das Auto rückwärts die Auffahrt hoch, bleibt in einer uneinsichtigen Kurve stehen. Sekunden später durchbricht das laute Aufheulen eines Motors die gespenstische Stille.

17·6·2016

Seine Augen mustern mich erwartungsvoll. Vorsichtig streicht er eine Haarsträhne aus meinem Gesicht, für einen kurzen Augenblick scheint die Zeit still zu stehen. Er strahlt heller als alle Sterne zusammen, unsere Blicke kreuzen sich. Ich bin geblendet von ihm, verliere mich in diesem Lächeln.

Verliere mich in ihm.

Fassungslos winke ich dem letzten Rest an Selbstbeherrschung hinterher. Wusste gar nicht wie schnell die verschwinden kann, wenn es darauf ankommt.

Fast so rasant, wie das Shirt, ist auch meine Contenance entwischt. Vorsichtig aber sehr bestimmt zieht er es über meinen Kopf, er wirkt zufrieden, als ich nackt vor ihm knie.

Stolpernder Herzschlag schießt mich immer weiter nach oben, ganz egal wie dünn die Luft dort ist. Je höher der Flug, desto tiefer der Fall?

Vorausgesetzt, man möchte jemals wieder von dort runter kommen …

23.6.2016

Weitermachen oder hinschmeißen
Rasante Talfahrt oder hart erkämpfter Gipfelsturm
Chaotisch umherschwirren oder fokussierte Zielstrebigkeit
Konsequente Selbstzerstörung oder freies Handeln
Kurzsichtig erscheinende Jagd nach geliehenem Glück oder unverfälschte Zufriedenheit
Stillstand oder Entwicklung
Bleiben oder Gehen
Intensiv oder Gelangweilt
Wahrhaftigkeit oder doch gefaked
Unberechenbare Impulsivität oder vorhersehbare Konstanz
Fels in der Brandung oder sprunghafter Exzentriker
Abenteuerliche Achterbahnfahrt oder sicherer Hafen
Geborgenheit oder Nervenkitzel
Selbstbetrug oder Einsicht
Authentischer Lebenswandel oder Imagedenken
Engstirnig oder Tolerant
Riskantes Spiel mit dem Feuer oder zur Ruhe kommen
Schwarz oder Weiß
Ehrgeizige Disziplin oder hemmungsloser Kontrollverlust
Egoistische Gier oder großzügige Hilfsbereitschaft
Menschenfreund oder Soziopath
Perfekt in die Schublade passend oder durchgeknallt auf der Grenze herumtänzelnd

Neurotisch im Kreis denken oder losgelöst Handeln
Leben oder Über-leben
Identitätskrise oder Gehirnschaden

1·7·2016

Auch wenn sich die Besetzung geändert hat – das Spiel ist dasselbe. Die Regeln sind die gleichen geblieben – verschärfte Konsequenzen, dieselbe Struktur.

Wieder mal eskaliert es, ich weiß nicht warum. Vielleicht bin ich schwierig, vielleicht ist er aber einfach nur ein Idiot. So wie sein Vorgänger. Und der davor.

Vielleicht seid ihr Kerle aber auch alle Vollidioten?

Oder hab ich für den Affenzirkus keine Nerven mehr übrig?

»Probiers mal mit Vitamin B und Tryptophan. Das wird deinem Gemüt gut tun.«

Ganz leise flüstert mir die Vernunft ins Ohr, ich schüttle wortlos den Kopf. Einen kurzen Augenblick innehaltend, unterdrücke den nahenden Nervenzusammenbruch und schreie mitten in die leere Wohnung hinein:»Fick dich doch«

Feuere den Schlüsselbund wutentbrannt gegen den Spiegelschrank, der in zigtausend Scherben zerspringt und es Splitter regnen lässt. Hatte beinahe vergessen, wie schön es sein kann, Aggressionen rauszulassen.

Wieso tu ich mir das immer wieder an?

Wieso steht auf meinem T-Shirt nicht»Arschlochmagnet«?

Gott sei Dank habe ich in den letzten Jahren genug Praxis mit solchen Exemplaren sammeln können, ansonsten würde ich mir spätestens jetzt den Lauf einer Waffe in den Mund stecken und abdrücken. Drauf geschissen, wer den letzten Rest meines Schädels von der Wand kratzen wird; Hauptsache endlich Ruhe.

Doch irgendwas in mir sträubt sich seit jeher gegen den Kauf einer Faustfeuerwaffe; Menschen die eine Schwäche für psychoaktive Substanzen haben sollten keine Knarre im Haus horten. Schlimm genug, dass sie mich Autofahren lassen …

Tränen laufen über mein Gesicht, langsam aber sicher versagen die Knie ihren Dienst, ich sinke zu Boden. Vergrabe das Gesicht in meinen Händen; schluchze jämmerlicher als ein kleines Kind am ersten Schultag.

Wo bist du jetzt?

Unbezwingbare Enttäuschung sticht mitten ins Herz – ich vermisse dich so sehr.

Wo bist du jetzt?

Ich bin verloren ohne Dich.

Wo bist du jetzt?

Orientierungslose Suche nach einem Wunder.

Rette mich.

Wo bist du jetzt.

Scheiß auf dich.

Ich brauch dich nicht.

Ich brauch mich nicht.

Ich geb auf.

Hab ich tatsächlich geglaubt, du könntest der Eine sein – der fehlende Teil in dem Puzzle? Der verloren gegangene Rest in einem außer Kontrolle geratenem Schlachtfeld einer Verrückten; auf der verzweifelten Suche nach Frieden?

Hab ich mich verirrt?

Wieder mal?

Wo bist du jetzt?

Haben wir uns verloren?

Wo sind wir jetzt?

10·7·2016

Wie im Trance öffne ich die Augen, verkrampft fixierter Blick, konzentriere mich auf die Stehlampe in der Ecke. Genug Hubschrauber, es reicht.

Plötzlich steht der Raum still, oranges Kunstlicht knallt gegen die Zimmerdecke, zerstreut in alle Richtungen, hinterlässt nichts als einen flüchtigen Gedanken; den Hauch einer Ahnung. Wo bist du jetzt?

Grobe Hände packen mich an den Hüften, brutales Gezerre tötet den letzten Rest an Sehnsucht. Wo bist du jetzt?

Drehe meinen Kopf nach hinten, starre in weit aufgerissene Augen, kurz bevor die eiskalte Gestalt hämisch auflacht:»Alter, schau dir die mal an. Die lässt ja alles mit sich machen.«

Er zieht sich für einen Moment aus mir zurück, ich frage mich, mit wem er geredet hat und hebe den Kopf. Doch noch ehe ich begreife, was hier passiert packt mich jemand an den Haaren, drückt mich zu Boden:»Beine auseinander, sonst knallt's«

Ich stemme mich mit aller Kraft gegen den Unbekannten, knicke ein und versinke unter ihm. Wieder und wieder wird mein Kopf hochgerissen. Unzählige Ohrfeigen knallen auf die Wangen, brutal und unnachgiebig rammt er seinen Schwanz in mich, vögelt mich wie ein Tier.

Auf der anderen Seite der Couch filmt jemand mit.

Ich beiße mir auf die Lippen. Ich werde nicht weinen, diesen Gefallen tu ich den Arschlöchern nicht.

Als der letzte mit mir fertig ist, fühle ich nichts mehr.
Alles getötet.
Endlich Ruhe.

3.8.2016

Mir ist schwindlig im Kopf, außerdem frage ich mich seit wann ich gelbe Vorhänge neben dem Bett habe. Drehe mich noch mal zur Seite, weiterschlafen hilft bestimmt.

Drifte gerade zurück in den Tiefschlaf, als mich lautes Schnarchen aufschrecken lässt. Zögere eine Sekunde, doch schließlich siegt die Neugierde und ich schiebe den Sichtschutz zur Seite.

Bitte, wer ist denn er?

Lebt der noch?

Ein grauhaariger Mann, ich schätze ihn auf einhundertsechzig Jahre, liegt regungslos auf der Pritsche nebenan. Bin ich im Leichenschauhaus?

Aber dann würde ich doch in einer Holzkiste liegen?

Wäre ich nicht so routiniert in substanzbedingten Gedächtnisverlust, könnte ich glatt in Panik ausbrechen. Ich gebe mir Mühe mich zu orientieren, als der Scheintote nebenan zu brabbeln beginnt. Gott sei Dank – der ist gar nicht tot – der riecht nur so.

Warum sollte er sonst auch am Tropf hängen?

Der Gedanke beruhigt mich solange, bis ich registriere, dass er nicht der einzige mit einer Kanüle in der Vene ist. Durch einen durchsichtigen langen Schlauch bin ich mit dem Plastikbeutel über dem Bett verbunden, tröpchenweise läuft die Flüssigkeit nach unten, direkt in meine Vene.

Langsam aber sicher erhärtet sich der Verdacht, nicht in meinem Schlafzimmer zu sein.

Müssen meine Partys eigentlich immer so enden?

Auf der gegenüberliegenden Seite des Raums wird plötzlich eine Glastüre aufgerissen, durch die ein Blondchen ganz in weiß durchgeschossen kommt. Ihre Brillengläser sind so dick wie die Unterseite eines Aschenbechers, in der Brusttasche ihres Kittels stecken bunte Kugelschreiber, die es mir schwer machen ihr Namensschild zu entziffern. Alles was ich erkennen kann, ist ein Doktortitel.

Mit ernster Miene bleibt sie am Fußende des Betts stehen, zieht eine ihrer Augenbrauen nach oben während ihr Kopf nach links kippt: »Sie wissen wo sie hier sind, Frau Siffredi?«

Ob sie es selbst auch weiß?

»Naja, wie im Hilton schauts hier nicht gerade aus.«

Der brabbelnde Schnarchkopf lacht.

Frau Doktor wirkt spaßbefreit, ohne mit der Wimper zu zucken wirft sie einen Blick auf das Klemmbrett in ihrer Hand. Unterdessen füllt sich der Raum, ein Weißkittel nach dem anderen versammelt sich um die humorlose Blondine. Das ist ja schlimmer als auf einer Baustelle – einer arbeitet, zwanzig schauen blöd zu.

»Haben sie Selbstmordgedanken, Frau Siffredi?«

Was für eine Überleitung, gratuliere Frau Doktor.

»Prinzipiell oder momentan?«

Blöde Frage, blöde Antwort.

Einige ihrer Handlanger beißen sich auf die Lippen, doch nicht allen gelingt es, ernst zu bleiben. Unterdrücktes Kichern aus den hinteren Reihen bestärkt mich in der Annahme, dass die Tante zum Lachen in den Keller geht.

Mein Magen macht mit heftigen Knurren auf sich aufmerksam, überstimmt alle anderen Nebengeräusche und erinnert mich an meine Verfressenheit. Spiegeleier wären jetzt geil. Und Räucherlachs. Und Kaffee. Und Schokolade.

Wann habe ich das letzte Mal was gegessen?

»Denken Sie daran sich selbst zu verletzen?« Frau Doktor lässt nicht locker.

»Nein, ich denke an Frühstück.«

Sie erklärt mir, dass ich in der Psychiatrie bin. Verstehe nicht, was das mit meiner Bitte nach Essen zu tun hat, Irre brauchen doch auch Kohlenhydrate? Ich drohe mit der Patientenanwaltschaft, drei Minuten später löst sich die Menschentraube vor mir auf, ein Kerl in grüner Montur stellt ein Tablett neben mein Bett, wünscht mir guten Appetit und zischt wieder ab.

Der Hunger treibts rein, die Gier behälts unten. Will gar nicht wissen, was genau ich da in mich reinstopfe. Hauptsache Futter.

»Lange nichts mehr zu essen bekommen?«

Erschrocken zucke ich zusammen, dem unkontrollierten Muskelkrampf folgt ein Knall gegen die Fensterscheibe, die den Amokflug meiner Gabel beendet. Wer hat da grade mit mir geredet?

Ach ja. Da war ja noch einer.

Der totgeglaubte Greis von nebenan wirkt gar nicht mehr so tot.

»Schmeißt du immer mit Besteck herum, wenn dich ein Mann anspricht?«

Verarscht mich der etwa?

Werner wird vom Tropf befreit und fragt ob ich mit ihm nach draußen komme um eine zu rauchen, er brauche das nach der Infusion. Die besten Zigaretten wären die nach dem Essen. Oder nach dem Sex.

Aber ich rauche doch gar nicht. Bin eher so die gesundheitsbewusste Drogenkonsumentin.

Schallendes Gelächter als der nächste Gott in weiß durch die Türe schießt. Hier geht´s ja zu wie im Taubenschlag, sollten Durchgeknallte nicht zur Ruhe kommen?

»Guten Morgen, Frau Siffredi. Ihr Gesundheitsbewusstsein lob ich mir. Vor allem in Anbetracht ihrer Multi-Intoxikation.«

Herr Doktor schüttelt mir die Hand, verrät mir, dass er der Chef auf der Stadion sei. Ich frage ihn ob ich nach Hause gehen kann. Seine Miene wird ernst:»Die gerichtliche Unterbringung ist mittlerweile aufgehoben, aber es wäre unverantwortlich Sie in dieser Verfassung zu entlassen.«

Ich verstehe nur Bahnhof. Wovon redet der denn?

»Sie sind immer noch sehr dehydriert, eine einzige Infusion ist nicht genug um das auszugleichen. Haben Sie ein wenig Geduld.«

Kann der mir nicht einfach ein Sixpack bringen? Zwecks der Flüssigkeit?

»Was heißt gerichtliche Unter-irgendwas?«

Überrascht über die endlose Steigerungsfähigkeit meiner Verwirrtheit, habe ich Schwierigkeiten dem Gespräch zu folgen.

»Wenn Patienten selbst- oder fremdgefährdend agieren, sind wir gezwungen sie hier festzuhalten.«

Agieren, hydrieren, intoxikablabladingsbums. Er hätte ebenso auf Russisch antworten können. Wovon redet denn der?

Die einzige Fremdgefährdung in dem Laden geht vom Koch aus, die Chance dieses kulinarische Attentat zu überstehen ist nicht viel höher als ein Aufenthalt an der syrischen Front.

»Nur weil ich den Krankenhausfraß gegessen habe, bin ich wohl nicht selbstgefährdend? Und andere Menschen gefährde ich auch nicht, ich glaub an Karma.«

Doktor Freud entgeht meine Anspannung nicht.

»Keine Sorge, der Koch liegt im Nebenzimmer. Ich komme am Nachmittag noch mal zu Ihnen, wenn Sie möchten kann ich Ihnen was gegen die Unruhe geben.«

Zumindest ist er schlagfertig.

»Aber für Bier ist es zu früh?«

Werner schlurft zurück ins Zimmer, lässt sich aufs frisch bezogene Laken fallen: »Wenn sie Bier bekommt, will ich auch eins haben!«

Herr Doktor fasst ihn seine Hosentasche.

»Leider hab ich keins mehr eingesteckt.«

Ist der wirklich Arzt, oder ein Irrer der sich verkleidet hat?

Zum fünftausendsten Mal an diesem Morgen wird die Türe aufgerissen, zwei Damen in grün wuseln wie hyperaktive Frettchen herein, räumen das dreckige Geschirr weg und säuseln dem vermeintlich Durchgeknallten mit Stethoskop was zu. Er nickt, verabschiedet sich und folgt den Saubermachfotzen nach draußen.

Bestimmt vögelt er den beiden gleich das Hirn raus.

Mit einem lauten Knall fällt die verfickte Zimmertüre zurück ins Schloss, nur um eine Sekunde später wieder aufgerissen zu werden. Nicht mal bei meinem Dealer herrscht ein derartiges Kommen und Gehen, hätte die blonde Tante keine Pillen mitgebracht, wäre jetzt der passende Zeitpunkt um fremdgefährdend zu werden.

»Gegen die Nervosität, Fräulein Siffredi.«

Miss Verständnis drückt mir einen winzigen Plastikbecher in die Hand, wartet bis ich mir den Inhalt in den Rachen gekippt habe.

»Entweder hängen sie die Türe aus, oder sie bringen mir die doppelte Dosis – ich bin Giftlerin und vertrag das«, schnauze ich die Schwester an.

»Ich muss Sie leider enttäuschen – Schiebetüren und ausreichende Medikation ist den Privatpatienten vorbehalten.«

Touché.